F.
Scott
Fitzgerald

那些忧伤的年轻人

All the Sad Young Men

[美] 菲茨杰拉德 著

姚乃强 译

人民文学出版社

F. Scott Fitzgerald
ALL THE SAD YOUNG MEN

图书在版编目（CIP）数据

那些忧伤的年轻人 /（美）菲茨杰拉德著；姚乃强译 . —北京：人民文学出版社，2023
ISBN 978-7-02-018159-9

Ⅰ.①那… Ⅱ.①菲…②姚… Ⅲ.①短篇小说—小说集—美国—现代 Ⅳ.① I712.45

中国国家版本馆 CIP 数据核字（2023）第 151630 号

责任编辑　曾少美　朱茗然
装帧设计　李思安
责任印制　宋佳月

出版发行　人民文学出版社
社　　址　北京市朝内大街166号
邮政编码　100705

印　　刷　涿州市京南印刷厂
经　　销　全国新华书店等

字　　数　163千字
开　　本　880毫米×1230毫米　1/32
印　　张　8　插页1
印　　数　1—5000
版　　次　2023年9月北京第1版
印　　次　2023年9月第1次印刷

书　　号　978-7-02-018159-9
定　　价　68.00元

如有印装质量问题，请与本社图书销售中心调换。电话：010-65233595

目 录

富家子弟　　　　　　　　　　　　　　001
冬之梦　　　　　　　　　　　　　　　054
小宝贝聚会　　　　　　　　　　　　　086
赦罪　　　　　　　　　　　　　　　　103
孤女蕾丝·马丁-琼斯和威尔士亲王　　126
调解人　　　　　　　　　　　　　　　153
古道热肠和小肚鸡肠　　　　　　　　　184
明智之举　　　　　　　　　　　　　　205
格蕾欣的昏睡　　　　　　　　　　　　225

富家子弟

一

你开始是写具体的一个人，但你却发现不知不觉地创造了某一类人；而当你开始写某一类人时，到头来你发现你什么也没有创造——一事无成。这是因为我们都是怪人，藏在我们面庞和声音背后的我们，比之我们要别人认识的，或者我们对自己的认识要怪异得多。每当听人自夸他是一个"普普通通，老老实实，心胸坦荡的人"时，我有把握地说他肯定——八九不离十——有某些不可告人的荒诞事要隐藏。他的这种自我标榜，说自己是什么普通的，诚实的，又是心胸坦荡的，那只是他在提醒自己要把那些见不得人的东西隐藏好而已。

事实上，人皆不同，千人千面，无类可分。我这里要讲的是一个富家子弟的故事。他的故事就是他的故事，而非他兄弟的故事。我一辈子跟他们兄弟几个混在一起，但是我要写的是跟我最最贴心的一个。再说，要是我写他的弟兄们，我就得从揭穿穷人对富人编造的种种谎言开始，还要揭露富人给他们自己编造的种种谎言。由于他们建立起这样一个庞大的谎言网，以致你随便捡起一本关于富人的书，你的本能就会提醒你书里说的不一定是真实的。甚至一些明智而富有激情的生活记者在写我们这个富人的国度时，写得像仙境一般，天花乱坠，大为失真。

先让我来跟你说说那些富人吧！他们跟你我不同。他们早早占有财富，尽情享乐，从而他们身上起了变化：在我们身上坚硬的东西，在他们身上变得柔软；我们信赖的东西，他们却玩世不恭，一概不相信。所以，除非你生来就是富人，否则你很难理解他们。他们从内心深处认为他们比我们强，因为我们不得不为生活四处奔波，挣钱养家糊口，寻找栖身之处。甚至在他们沦落到我们的世界里来或者堕落到还不如我们的时候，他们仍然认为他们比我们强。他们与众不同。我能够描述青年安森·亨特的唯一方法是把他当作一个外人一样去接近他，但又坚持自己的观点，毫不动摇，因为如果我有一刹那接受了他的观点，那么我就会迷失方向 —— 我也就没有什么东西展示给大家，仅仅是一部荒诞可笑的电影而已。

二

安森是六个孩子中的老大，有一天他们六个子女将瓜分一千五百万美元的巨额家财。在他达到可以理喻的年纪时 —— 可能是七岁那年 —— 时值本世纪初，一些勇敢的年轻女子已经开始在第五大道上驾着电"驴子"晃悠。在那些日子里，他和他的一个弟弟有一名英国家庭女教师。她说英语非常清晰明了，字正腔圆，所以这两个孩子长大时，说的一口英语就跟教师一样，遣词造句都很讲究，表达清楚，不像我们哼哼唧唧说不明白。不过他们说话不完全像英国孩子，而带有当初纽约市上流人士说话时具有的那种特殊口音。

夏天，六个孩子从住在七十一号街的住宅迁到了康涅狄格州北部的一个大庄园里。这不是一个上流社会的住宅区，因为安森的父亲想要孩子尽可能晚一点了解富人们的生活情况。他比纽约市上流社会的那个阶级的人略高一筹，也比他所处的那个时代要开明一些，其时正好是镀金时代，势利和庸俗之风盛行。他要求他的儿子们养成心无旁骛的习惯，专心学习，体魄健壮，成长为品行端正的成功之辈。在他们的两个大孩子离家上学去之前，他和他妻子密切关注着孩子的成长，留心他们的一举一动。不过，在深宅大院里要做到这点实在不易。在小房子或中等大小的住宅里——就像我青少年时代住的那种房子——要做到这一点就简单得多。我从来跑不出我母亲声音所及的地方，时刻意识到她就在身旁，做什么都想着她会赞成还是不赞成。

安森最初产生高人一等的优越感是在康涅狄格的乡间，他发现周围的人都对他十分顺从，那种带有美国人特有的不情不愿的顺从。跟他一起玩耍的孩子的父母时不时地向他的父母致意问候，而当他们的孩子被邀到亨特家去时，他们都隐隐约约地表现出受宠若惊的样子。他把这一切看成理所当然的事，在群体活动中，假如他没有被众星拱月一般置于中心——无论在金钱、地位还是权威等方面——他便会感到某种不舒服，耿耿于怀，终身不忘。他不屑跟其他孩子争先。他希望人家送上门来给他。如果他没有占先，他便躲进家里。他的家足以满足他的一切需要，因为在东部金钱仍然是一种带有封建色彩的东西，凝聚宗族的东西。可是在势利的西部，金钱把家庭搞得分崩离析，划成"派系"。

十八岁那年，安森去纽黑文耶鲁大学上学，这时他已是一个高挑魁梧的年轻人，面容清秀，肤色健康，这得益于他在学校过的有规律的生活。他的头发呈黄色，长在他头上有点滑稽样儿，他的鼻子是鹰钩鼻——这两样东西使他称不上英俊。但是，他身上具有一种自信的魅力和某种蛮横的作风。上层阶级的人在街上与他擦肩而过，不用旁人说明，就知道他是一个富家子弟，在最好的学校里上过学。然而，正是他的这种优越感使他在大学里没有成为一个红人——他的特立独行被误解为以自我为中心。他傲然拒绝接受耶鲁立的规矩，这个行为似乎被看成他瞧不起接受它们的人。所以，早在他毕业之前，他就开始把他的生活重心转移到纽约去。

在纽约，他如鱼得水，应付自如——这里有他自己的住宅，享受"那些你不可能有的仆人"的侍候——还有他自己的家庭。在这个家庭里，因为他脾气好，又有办事能力，他很快成了全家的中心，也成了种种社交场合的中心，如为某青年女子初次进入社交界而举行的晚会或体面的成人男子俱乐部等高雅活动，偶尔也与热舞女郎一起纵情狂欢。当时在纽黑文这种女孩可不多见。他的志向和情趣都很世俗和传统，其中包括无可指责的结婚成家，但是他的志向与大多数青年人的志向有所不同，在于他目标明确，没有模糊之处，即没有一点称为"理想主义"或"幻想"之类的东西。安森毫无保留地接受一个高收入与高消费的世界、一个离婚与放荡的世界，以及一个势利与特权的世界。我们大多数人的生活以折中妥协告终，而他的生活却以折中妥协为开端。

我和他第一次邂逅是在1917年夏季的晚些时候，那时他刚从耶鲁大学毕业。他像我们其他人一样，卷入了席卷全国的战争狂热之中。他穿上藏青色的海军航空兵制服南下彭萨科拉①。在那里的一家旅馆里，乐队在演奏一首名叫《对不起，我亲爱的》的曲子，我们年轻军官们跟姑娘们随着乐曲翩翩起舞。人人都喜欢他。虽然他常跟一些爱喝酒的人混在一起，而且他驾驶飞机的本领也不是很突出，但教练员见他仍然要客气几分。他经常用他自信和富有逻辑的声音跟他们侃侃而谈。他谈话的结果是使自己，或者更经常是使另一名军官，从迫在眉睫的困境中解脱出来。他吃喝玩乐，风流淫逸，狂热地追求享乐，所以我们得知他爱上了一位思想保守、举止端庄、循规蹈矩的姑娘时，都感到非常诧异。

她的名字叫波拉·利吉德尔，一位出生在加利福尼亚的美女，皮肤黝黑，神情肃静。她家在市郊有一所过冬的寓所。尽管她很矜持拘谨，却还是颇得人心。有那么一类男人，他们以自我为中心的思想容忍不了女人身上的脾气。但是，安森并非那一类人。我弄不懂她的"真诚"竟对他具有那么大的吸引力。一个是我们常说的那种"真心实意"的人，而另一个却是思想敏锐，好对人

---

① 彭萨科拉，美国佛罗里达州西北部一港口与海军基地，濒彭萨科拉湾。

冷嘲热讽的人。

然而，他们相爱了——按她开出的条件相爱了。他不再在黄昏时去德莎特酒吧参加聚会。每次人们见到他俩在一起时，他们总是在进行漫长而又严肃的对话，说不准对话已进行了多少个星期了。很久以后他告诉我，他们并没有谈什么具体的东西，双方谈的都只是些不很成熟的，甚至无多大意义的东西。后来逐渐添进一些感情方面的内容，但并不是说话投机带来的，而是谈话时那种极端的严肃认真的态度引来的。他们的对话让人昏昏欲睡，我们时常打断他们，用那种乏味的幽默逗弄他们。但旁人一走，只剩他俩时，对话又继续进行，仍是那么一本正经，低声低调，给人一种双方思想感情完全一致的感觉。他们对任何打断他们对话的事或人感到不爽，对于有关生活的玩笑漠然置之，甚至对他们同辈的那种玩世不恭的态度也不屑理睬。他们只是在进行对话时感到快乐。严肃的对话使他们如沐春风，如浴甘露。在对话结束前会出现一下中断，他们对此并不反感——那是被激情所中断的。

说来奇怪，安森跟波拉一样对对话十分投入，并深受其影响。然而，在此同时，安森也清楚，在他这一方许多话是言不由衷的，而在她那一方则是出于天真单纯而已。开始，他对她的感情的单纯有点瞧不起，嗤之以鼻，但是随着他对她情意的加深，她开始变得深沉成熟，犹如鲜花慢慢绽放，他不再瞧不起她的纯朴了。他感到如果他能进入到波拉温馨安稳的生活中，他一定会很幸福。经过长期的对话，两人间的种种隔阂与约束消除了。他教给她他从一些更开放、更有冒险精神的女人身上学来的东西。她学得全神贯注，一丝不苟。有一个晚上，舞会之后，他俩同意结婚。他写了一封很长的信给他的母亲，详细谈了有关波拉的情况。第二天，波拉告诉他，她很富裕，拥有近一百万美元的个人财产。

三

你就仿佛听到他们在说："我们一贫如洗，但将相守终身。"尽管他们并不一贫如洗，而是十分富有，但这份爱情给他们带去的喜悦却是相同的。它也给了他们一种患难与共的感觉。然而，到了四月，安森获准休假，波拉和她妈妈随他一同北上，波拉对他家在纽约的地位以及他们家的阔绰印象深刻。第一次单独与安森待在他童年时玩耍的房间里，她心里充满一种舒坦的感情，似乎她受到了无微不至的照顾，有一种异常的安全感。她翻看安森的旧照片，有安森上第一所学校时头戴无檐帽的照片，安森在一个已被遗忘的夏天与女友在马背上的照片，还有安森参加一个婚礼时跟一群快乐的男女傧相在一起的照片。此时，她不禁对他认识自己之前的生活产生了几分妒忌之心。他那种权威的气质如此充分地总结和表现了他所拥有的一切，以致她决意立即与他结婚，并作为他的妻子返回彭萨科拉。

但是，立即结婚一事并没有提上日程——甚至在战争结束之前也不会公开宣布订婚。在她发现他的假期只剩下两天的时候，她显得很不耐烦，具体表现在她企图使他变得跟她一样不愿再拖拉。他们开车去乡间聚餐，她想利用这机会迫使他当晚把事情定下来。

那时，波拉的一个表姐跟他们一起住在一家名叫里茨的豪华宾馆里。她是一个态度严峻，讲话尖刻的女子。她深爱波拉，但是她对这桩令人艳羡的婚事心存妒意。波拉穿衣打扮动作慢了一点，结果便由不准备去参加聚会的表姐在套间的客厅里接待安森。

安森在五点钟时跟朋友已经聚过一次，开怀畅饮了一个小时。他按时离开了耶鲁俱乐部，他母亲的司机送他到了里茨宾馆，但是他还是有点失态，加之客厅里的暖气的影响，他突然感到头晕目眩。他意识到了这一点，既感到可笑又内疚。

波拉的表姐虽然二十五岁了，但非常天真幼稚。开始她不知道发生了什么事，以前她又从来没见过安森，所以当他嘟囔些风马牛不相及的事情，而且差一点从椅子上摔下来时，她感到十分惊讶。在波拉出来之前，她从没有想到一直以为是他干洗的制服上的气味实际上是威士忌的酒气。但是，波拉出来，一看就明白了。她只想在她母亲见到他之前，设法把安森支走。她表姐见到她眼睛里的表情也领会了。

在波拉和安森下楼去乘坐那辆送他来的轿车时，他们发现车里已有两个人，在那里呼呼大睡。这两个人是在耶鲁俱乐部跟安森一起喝酒，也是要去参加聚餐的。安森完全忘了他们在车里这件事。在去汉普斯特德的路上，他们睡醒了，并唱起歌来了，有的歌词很粗俗。尽管波拉竭力克制自己，不去计较安森说话的放肆，但她感到羞耻和厌恶，因而闭口不言。

表姐在宾馆情绪激动，对发生的事情迷惑不解。于是，她走进利吉德尔太太的房间，问道："他是不是太丢人现眼了？"

"谁丢人现眼了？"

"唷，那位亨特先生呀！他怎么如此丢人现眼。"

利吉德尔太太睁大眼睛瞧着她。

"他怎么丢人现眼？"

"唉，他说他自己是法国人。我过去不知道他是法国人。"

"太荒唐了。你一定误解了。"她莞尔一笑，"是开个玩笑。"

表姐固执地摇头。

"不。他说他是在法国长大的。他说他不会说英语，所以他不能跟我交谈。无法交谈！"

利吉德尔太太不耐烦地把目光转向别处。此时表姐若有所思地补充了一句："也许他喝醉了。"说完便走出了房间。

告状全是真的。安森发现自己嗓音厚重，舌头僵硬，无法控制，于是采用了这个不寻常的回避办法，宣称自己不会说英语。几年之后，他时常提及这件往事，昔日的记忆总是引发他纵声大笑。

接下去的那个钟点里，利吉德尔太太五次拨电话，试图跟汉普斯特德取得联系。她拨通后，约拖延了十分钟才听到波拉的声音。

"乔表姐对我说安森喝醉了。"

"噢，没有……"

"唉，怎么没有，乔表姐说他醉了。他对她说他是法国人，还从椅子上摔了下来。他的行为看上去像是醉了。你不要跟他一起回家。"

"妈,他一切都好好的!请你不要担心——"

"不过,我很担心。我觉得事情太可怕了。我要你保证不要跟他一起回家。"

"我会小心的,妈……"

"你不要跟他一起回家。"

"好吧,妈。拜拜。"

"波拉,记住,请别人送你回来。"

波拉小心翼翼地从耳朵上摘下听筒,把它挂好。她的脸因为无奈和烦恼而涨得绯红。安森在楼上的一间卧室里正伸开四肢倒头熟睡,而楼下的聚餐会正无精打采地进行着,快接近尾声了。

一小时的行车路程本来已使他有点清醒过来了——刚到达时他也只是表现得有些滑稽——波拉只希望晚上过得开心,不要扫兴,但是宴会开始前他又猛饮了两杯鸡尾酒,把事情彻底闹砸了。他大声吵嚷,对来参加聚会的宾客辱骂了十五分钟之久,然后悄悄地滑到桌子底下;他看上去像旧版画上的人——不,不像一张旧版画,毫无古雅奇特可言,而是相当可怕。在场的年轻姑娘对发生的事情不置评说——似乎保持缄默最相宜。他的叔父和另外两个男人把他架到了楼上。他刚上去,就有电话找波拉。

一个小时之后安森醒过来,头痛眼花,但是过一会儿他还是迷迷糊糊地看到他叔父的身影,站在门口。

"……我问你好一点没有?"

"什么？"

"你感到好一点没有，老伙计？"

"头痛得厉害。"安森说道。

"我给你再配一些止痛药水。如果把头痛止住了，你就可以好好睡一觉。"

安森吃力地把两条腿滑到地上，站了起来。

"我没事。"他呆呆地说了一句。

"不要紧张。"

"我想要是你给我一杯白兰地，我就能下楼去。"

"噢，不行——"

"是的，这样就可以了。我现在没事。……我觉得我把面子给丢尽了。"

"他们知道你身体有点不舒服。"他叔父不甚同意地说道，"不过，不要为此感到难受。斯凯勒甚至来都没有来。他在高尔夫球场的更衣室里就醉倒了。"

安森对其他人的感觉都不在乎，只在乎波拉的感觉，然而他还是决心收拾一下那天晚上的烂摊子。不过，在他洗了个冷水浴后出来时，大多数宾客早已告辞了。波拉立即站起来要回家去。

在汽车里，一如既往严肃的谈话开始了。她承认她早知道他爱喝酒，但她从没想到事情会弄到这等地步。她觉得也许他们两人很不合适，又说他们对生活的想法很不一致等等。她说完了，轮到安森说话了，他说得非常冷静。然后，波拉说她得好好考虑一下，当晚她不会做出决定。她并不生气，但感到十分遗憾。她没有让他跟她一块儿进宾馆，不过在下车之前，她俯下身，在他的面颊上不甚高兴地吻了一下。

第二天下午安森跟利吉德尔太太作了一次长谈，波拉坐在一旁静静地听着。他们一致同意波拉将对这起事件仔细考虑一段时间，要是到那时母女俩想通了，她们会随安森去彭萨科拉。在他这边，他诚心诚意而又不失体面地赔礼道歉——也就完事。尽管牌都掌握在利吉德尔太太手上，但是她并不能确立任何的优势，压倒他。他没有做出任何承诺，也没有表示谦恭自卑，只是对生活发表了几句经过深思熟虑后的评论。到最后，他的这番话在某种程度上还为他赢得了道德上的优势。三个星期之后，在他们来到南方时，无论是心满意足的安森，还是因重新相会而如释重负的波拉，都没有发觉他们已错失了在心态上达到最佳效果的时机。

四

他主宰着她，吸引着她，同时又让她焦虑不安。他性格中既有坚实可靠和注重感情的一面，又有恣意放纵和玩世不恭的一面，两者交错混杂弄得波拉十分困惑。她渐渐地把他看成是一个双重性格的人，不时交替出现。当她跟他单独在一起时，或者在正式的聚会上，或者偶然遇到下属时，她为他的坚强与富有吸引力而感到无比的骄傲，觉得他心智高尚，善解人意，具有一种慈父般的气质；但他跟另外一些人在一起时，他的表现使她变得局促不安，他那与文质彬彬格格不入的习气显露了他性格中的另一面，表现为既粗鲁又任性，为贪图享乐而不顾一切。这一切让她感到心惊胆寒，真想暂时避开他。她甚至试图在暗地里与以前的一个男友重修旧好，但是此法无效——与安森相处了四个月之后，他那旺盛的精力使其他男人都显得苍白无力，黯然失色。

七月，安森奉调去国外，他们之间的恋情和爱欲达到了一个高潮。波拉曾考虑在他走之前结婚——但最后否定了，这是因为他常常满身酒气。不过这次分手使她因悲伤过度病倒了。他离去后，波拉给他写了几封长长的信，追悔等待使他们错失了相爱的好时光。八月，安森的飞机掉入北海，他在水中浸泡了一夜之后，被救上了一艘驱逐舰，但受凉患上了肺炎，被送进医院。在他最后遣送回家之前，停战协议已签订。

那时，虽然机遇又回到了他们手上，物质方面也没有什么障碍要克服，但是他们两人气质上的矛盾和冲突暗中迭起，使亲吻索然寡味，泪水常流，几近干涸，听不到他们卿卿我我的谈话声，更听不到发自内心的知心话，唯一的沟通方式便是采用古老的鸿雁传书，似乎两人相距千里。一天，一名专写社会生活的记者在亨特家里待了两个小时，希望证实一下他们是否已订婚。安森断然否定。然而该杂志还是迅速地在一期的显著位置登了一篇报道，说"经常看到他们在南汉普敦、温泉城和图塞多公园会面"。他们严肃的对话已经演变为持续不断的争吵，事情几乎到了告吹的地步。安森时常喝得酩酊大醉，从而丧失了与波拉订婚的机缘，为此波拉对他提出了一些严格的行为准则。他一贯倨傲自大，又深知自己的本性，对此他只感到既失望又无奈。订婚之事就彻底完了。

"最亲爱的,"此时他们的信是这样写的,"最亲爱的,最最亲爱的,每当我半夜醒来,想到事情本来不该如此时,真想一死了之。我无法再活下去了。也许我们今夏见面时,我们可以好好谈谈,做出不同的决定——那天我们过于激动和伤心。我感到没有你,我难以过完我的一生。你说到世上有的是人,可你不知道对于我来说没有其他人,只有你。……"

但是,当波拉在东部辗转奔波时,她有时会向他提到一些让她感到开心的事情,使他惊羡一番。但是,他太敏感了,惊羡不起来。当他看到她信里提到一个男人的名字时,他反倒对她更有把握,心里还有点儿瞧不起她——他在这些事情上总是表现出一种优越感。但是,他仍然希望他们俩某一天会结婚。

与此同时,他生龙活虎地投入到战后纽约市的各种活动中去,抛头露面,风光无限。他进入了一家经纪行,参加了六七个俱乐部,经常跳舞至深夜。他出入三个世界——他自己的世界,耶鲁大学年轻毕业生的世界,还有百老汇大街一端的风月场。但是,对于他在华尔街的工作,他总是十分勤勉,一天工作实足八个小时,雷打不动。在工作上,他既可利用家庭的影响,取得跟社会的广泛联系,又有他自身的聪明才智,加之他浑身具有使不完的劲,精力充沛。这三者的结合使他进步很快。他的脑子很好使,思路清晰,有条不紊;有时他一天睡眠不足一个小时,但出现在办公室时却精神饱满,当然这样的情况不是很多。早在1920年他的薪资和回扣收入已超过一万二千美元。

随着耶鲁传统的淡化，他越来越成了在纽约的同班同学中的一个深孚众望的人物，比他在大学时更得人心。他住在自家的豪宅里，而且有办法引荐年轻人进出其他的豪宅。再说他的生活基础已相当稳固，而大多数年轻人还只是刚刚起步，朝不保夕。为了得到快乐或逃遁现实，他们开始求助于他。安森对他们则是有求必应，帮助他们处理各种问题，并以此为乐。

至此，波拉的信里不再提到任何男人，贯穿在这些信里的反而是以前从未有过的柔声细语。但他从不同的渠道得知，她有了一名"重量级的爱慕者"，名叫洛厄尔·塞耶，波士顿人，有钱有地位。虽然他知道她仍爱着他，但是想到他会失去她时，心中总是忐忑不安。几乎五个月过去了，其间她只在纽约待了短短一天，谣传频仍，他变得越来越急于见到她。二月，他利用休假南下佛罗里达。

棕榈滩这座城市伸展在蓝宝石般的沃斯湖与巨大条状的绿宝石般的大西洋之间，景色旖旎，雍容华贵，只是湖边到处停泊的游艇有点煞风景。"白浪"和"凤凰树"两家豪华酒店的巨大建筑矗立在平坦而明亮的沙滩边，像两个男子汉挺着的大肚子；在它们的周围还有"林中舞池""幸运布雷德利"以及十几家妇女服饰用品商店。它们出售的货比纽约市贵三倍。在"白浪"酒店装有遮阳篷的游廊里，二百名美女在那里表演，向左走几步，向右走几步，大旋转，然后翩翩起舞，跳起了当时很流行的柔体舞，又称快速小步舞，随着音乐，手镯在二百条胳膊上起起落落叮当作响。

天黑后，在埃弗格兰兹俱乐部，波拉、洛厄尔·塞耶、安森和临时凑来的第四个人用一副崭新的纸牌玩起了桥牌。在安森看来，波拉温柔而端庄的脸庞显得有点憔悴与疲惫——她到这南方来前后已有四五年了。他认识她也有三年了。

"我叫牌，黑桃2。"

"可以抽烟吗？……哦，对不起，我不叫。"

"我也不叫。"

"那么我叫黑桃3，加倍。"

房间里有十几只桥牌桌，香烟的烟雾弥漫着整个屋子。安森的目光跟波拉的不期相遇上了。两人面面相觑，全神贯注，甚至在塞耶向他们投上一瞥后，他们仍然相互注视，忘乎所以……

"叫的是什么牌？"安森心不在焉地问道。

在房间一角的几个年轻人唱起歌来。

啊，华盛顿广场的玫瑰，
在地下室污浊的空气中，
我渐渐枯萎，枯萎——

香烟的烟雾像雾一样积聚起来，门一开房间里便打起一圈圈幽灵般的气涡，眨着眼睛在大厅里的一张张桌子间穿梭，在那些摆出十足英伦姿态的英国人之中寻找着柯南·道尔先生。

你用刀子可把它切开。
……用刀子把它切开。

……刀子。

在一局牌结束时,波拉霍地站了起来,用急促而低沉的声音对安森说了几句话。他们没有瞧一眼洛厄尔·塞耶便走出了房门。走下一段长长的石阶——不一会儿他们便手牵手走在洒满月光的海滩边。

"亲爱的,亲爱的……"在一个背光处,他们不顾一切地热烈拥抱……然后,波拉把脸往后缩了一下,以便让安森可以动嘴说出她希望听到的话——在他们再次接吻时,她似乎感觉到他在构思,如何遣词造句……她再一次挣脱开来,支耳倾听,但是当他再一次把她拉过来紧贴他时,她发现他什么都没说——只是用一种深沉而伤感的耳语,叫唤了两声:"亲爱的!亲爱的!"而这种耳语经常使她潸然泪下。此时她的感情谦卑地、乖乖地屈从于他,泪水不停地在她脸上流淌,但是她的心在不断地呼喊:"向我求婚啊!——噢,安森,最亲爱的,向我求婚啊!"

"波拉……波拉!"

这些话像用手在拧绞她的心。安森感到她在颤抖,知道感情已经瓜熟蒂落。他不需要再说什么,不需要把两人的命运托付给那些没有实际意义的、令人费解的话语。当他现在可以如此掌握住她,为什么他还要等待时机,再待上一年——没完没了地等待?他把两个人的情况都做了考虑,考虑她比考虑自己还多。过了一会儿,待到她突然说她要回宾馆去时,他又犹豫起来,首先想到的是:"毕竟这是一个好时机。"继而又想的是:"再等一下

吧 —— 反正她是我的了……"

　　他完全忘了波拉苦苦煎熬了三年，也已经心力交瘁。那天晚上她黯然神伤，彻底放弃了这份感情。

　　次日上午安森怀着悻悻不安的心情回纽约去了。他在车上结识了一位初入社交圈的漂亮小姐，和她一起吃了两天饭。一开始，他向她提起了波拉，还编造了个不为外人所知的理由，来解释两人不合适，没法在一起的原因。这个女孩性子奔放冲动，为安森对自己的信任而倾心不已。正如吉卜林笔下的士兵一样，他大可以在抵达纽约前就让女孩意乱情迷，但万幸的是，他保持了清醒和自控。四月下旬，他冷不防备，收到一封来自巴尔港的电报，波拉告诉他她已跟洛厄尔·塞耶订婚了，又说他们会很快在波士顿结婚。他从来不相信会发生的事终于发生了。

　　那个早晨他喝闷酒，猛灌了不少威士忌，到办公室后，拼命工作，不让自己歇一会儿 —— 害怕一停下来会发生什么事。晚上，他同往常一样外出，但对谁也没有说发生了的事；他依旧彬彬有礼，幽默风趣，也没有心不在焉。但是有一件事他没法阻止 —— 有整整三天，无论他在什么地方，跟什么人在一起，他总会突然把他的头低下，埋进自己双手里，像一个小孩子一样哭叫起来。

五

　　1922年安森跟一位初级合伙人去伦敦调查几笔贷款的情况。

这次出差预示他将真正被这家公司接纳。他此时二十七岁，体重超标了一点，但绝对说不上肥胖，他的举止跟他的年纪不甚相称，老成持重。年纪大的人和年轻人都喜欢他，信任他。母亲们把女儿交给他，都感到安全放心，因为他每进一个房间，总是将自己归在那里最年老、最保守的人一边。"你们和我，"他似乎在说，"靠得住，明事理。"

他对各种人，男人的和女人的弱点有一种本能的了解，又相当宽容。而这种了解又使他像牧师一样更关注和维护自己外在的形象。典型的例子是他坚持每星期日上午到时兴的圣公会主日学校去教课——虽然他只是回来冲上一个凉水澡，换上一套常礼服，却跟隔天晚上还在花天酒地的他判若两人。有一天，坐在前排的几个孩子好像感觉到了什么，起身挪到了最后一排。他常常讲起这件事，每次都能惹得旁人哄堂大笑。

他父亲去世后，他是家族里的实际掌门人，事实上是他在引导年轻一代的命运。由于某种复杂的原因，他的权势没有伸展到他父亲的房地产中去，而是由他的叔父罗伯特掌管。罗伯特是家族中唯一爱马的人员，为人温厚，酷爱喝酒，经常跟到惠特莱山晃悠的一伙人在一起。

罗伯特叔父和婶婶艾德娜一直是安森青年时期的知心朋友。罗伯特对其侄子未能利用本身优越的条件爱上马匹，而感到失望。他支持他加入在美国最难入会的一个城市俱乐部——只有一个曾对纽约市的建设做出过贡献的家族才能参加的俱乐部，换句话说只有在1880年前发家致富的家族人员才有资格加入。安森在被接纳为该俱乐部会员后对它十分淡漠，而仍热衷于耶鲁俱乐部。罗伯特叔父曾为此事找他谈过一次。更有甚者，安森竟然婉言拒绝介入罗伯特·亨特自己守旧又不甚受人重视的经纪行。叔父对他的态度也就变得更为冷淡。他像一个小学教师，已经教授完了他所知道的一切，悄悄从安森的生活中溜走。

安森的生活中有许多朋友——几乎没人没得到过他的倾力相助；也没有一个人不曾被他弄得十分难堪，他有时讲话咄咄逼人，有时兴致所至，不分场合喝得烂醉如泥，让人感到十分尴尬。其他人在这方面犯了点毛病，他就会感到烦恼，难以忍受，而对自己的缺点却三言两语，轻描淡写。怪事发生在他自己身上时，他就说给大家听，大笑几声了之。

那个春天我在纽约工作，常常跟他一起去耶鲁俱乐部进午餐，因为在我的大学建立自己的俱乐部之前，这个俱乐部是跟耶鲁大学合伙办的。我已经在报上读到波拉结婚的消息，有一天下午我问到他关于她的事时，不知什么东西感动了他，他向我原原本本讲述了他们俩的故事。此后他常常邀请我到他家里跟他家里人一起吃饭。他这样做，仿佛我们之间有一种特殊的关系，仿佛他深信的那个刻骨铭心的记忆已经渐渐转移到我身上。

我发现尽管母亲们对他很信任，可他对姑娘们的态度并非一视同仁，一般呵护。这完全取决于姑娘自身——如果她但凡表现出一点儿生性随便，生活不够检点的话，她就必须管好自己，即使有他陪着也不能大意。

"生活，"他这样解释道，"使我玩世不恭。"

他说的生活是指波拉。有时,特别是在他饮酒时,他的心态有点扭曲,认为她冷酷无情地把他甩了。

他的这种"玩世不恭"的态度,或者更确切地说,他认为水性杨花的女子不值得难舍难分的想法,直接导致了他与杜丽·卡吉尔小姐恋爱的结局。这不是他那几年里唯一的一次恋爱,但是这一次是几乎让他动心的一次,也是对他的生活态度产生深刻影响的一次。

杜丽是一名声名狼藉的"营销人员"的女儿。她父亲是靠婚姻跻身于上流社会的。她本人则长大后加入了青年女子联盟,经常出入豪华的广场酒店和州议会。只有少数像亨特那样的老家族才有可能质疑她的"归属",因为她的照片时常出现在报纸上,比一般家庭身世与社会地位无可置疑的女孩子更受人注意,更令人钦羡。她长着一头黑发,双唇胭红,脸色红润可爱,但是在她跟安森相识的第一年,她用灰色中带点粉红的粉底掩饰起来,因为当时红润的脸色不时髦——时髦的是维多利亚时代流行的灰白色。她穿着黑色简洁的套装,站立时双手插在口袋里,身子微微向前倾,脸部表情是一种有克制的幽默。她跳舞的姿势优美——她喜欢跳舞胜过一切,仅次于谈情说爱这件事。她打十岁开始便一直在恋爱,通常是单恋,喜欢那些不搭理她的男孩子。那些对她有好感的男孩——人数还不少——反倒在短短接触之后让她感到厌烦。尽管她恋爱屡遭失败,她心中还是保留着一份热烈的情感。遇到机会时,她常常跃跃欲试——有时她成功了,而更多的时候,败下阵来。

这个没有得到爱情的、吉卜赛人样的女郎从未想到在那些拒绝爱她的人身上有某种相似之处——他们都有一种坚实的直觉，能洞察她的弱点——不是感情上的弱点，而是指导思想上的弱点。安森跟她第一次邂逅时，就看出了这一点，那时离波拉结婚不到一个月。那段时间他喝酒很凶，有一个星期他佯作爱上了她。然后，他突然跟她断了，把她全忘了——他很快在她的心中占据了一个控制的地位。

像当时的许多姑娘一样，杜丽很是懒散，言行放肆，随心所欲。先一代人中的某些逾矩违规之举现在已经司空见惯，否定过时的行为举止成了战后的一个潮流。杜丽的行为举止既有陈旧的东西又有低劣的东西。她也在安森身上看到了这两种东西的极致，而那些感情上无所作为的女人追求的正是这二者——纵情享受和侠骨义气。安森兼而有之，两者交替出现。她感到在他的性格里既有骄奢淫逸的一面，又有阳刚坚强的一面。这二者满足了她本性中的种种需要。

她深感事情的进展很不易，但她误解了其中的原因。她以为安森和他的家庭期望缔结的是一个更加荣华富贵的婚姻，但是她立刻揣想到她可以利用的有利条件是他爱喝酒的癖性。

他们是在大型的社交舞会上相遇相识的，但是随着她对他的痴迷加深，他们设法寻找更多的机会在一起。像大多数的母亲一样，卡吉尔太太相信安森是绝对可以依赖的，所以她允许杜丽跟他一起去远处的乡村俱乐部和郊区的别墅，并不深追细问他们的活动，也不对他们深更半夜归来的缘由多加盘问。开始他们的解释也许是如实的，但是杜丽想俘获安森的世俗念头很快被她迅速上升的感情吞没了。在出租车和私家汽车后座亲吻已经不再能够满足他们了，他们做了件有趣的事：

他们有一段时间溜出了他们的世界，滑入低一档的世界中。在那里，安森的开怀畅饮和杜丽的不守时等等都不太被人注意，也不会被人说三道四。这个世界由各色各样的人组成——有些是安森在耶鲁的朋友和他们的妻子，两三个年轻的经纪人和证券推销商，还有一些人是刚从大学毕业，尚未确定工作，手头有钱，挥霍逍遥。这个世界给予他们某些在他们所属的世界里难以取得的自由，弥补那个世界在空间和规模上的不足之处。再者，这个世界以他们为中心运转，让杜丽享受到一种屈尊俯就的愉悦，但安森就不能分享这种愉悦，因为从童年时代起，他一生自以为是，将自己高踞在他人之上，一贯以屈尊的姿态出现。

他没有爱上她，在漫长的冬天里，他们谈情说爱，很热火时，他就反复对她这么说；到了春天，他感到厌倦，试图用其他的动力振作一下他的生活。再说，他认识到要么他现在就跟她断绝来往，要么就接受诱惑并为此承担责任。她家里竭力促成此事的态度迫使他必须当机立断。一天傍晚卡吉尔先生小心翼翼地叩敲书房门，说他在餐厅里留着一瓶陈年白兰地。此时安森感到生活在紧逼他。那天夜里他写了一封短信给她，信中说他很快要去休假，考虑到种种情况，他们最好不再相会了。

这时已是六月。他的家关闭了市里的住宅，举家到乡下去了。所以他临时住到耶鲁俱乐部里去。随着他跟杜丽两人事情的发展，我已经听到了一些风言风语。有些说法，添油加醋，很是滑稽，说什么他鄙视朝三暮四的女人，在他信赖的社会殿堂里不给她们一席之地。那天夜里，当他告诉我他肯定要与她一刀两断时，我很高兴。我曾见过杜丽几次，每次都在我心头涌起一股怜悯之情，对她苦苦挣扎的无奈深感同情；同时，因了解到有关她的许多我本无权知道的情况，又感到羞愧。她被人叫作"美丽的小东西"，不过在她身上有一种不顾一切的精神，颇为吸引我注意。要是她的精力不是如此过人的话，那么她绝对不会这般钟情，愿把生命都豁出去的样子。不过我很高兴听说她若要这样做的话，也不会在我眼前做。

　　安森准备第二天上午将向她辞行的信留在她家里。她的家任人出入，这在第五大道街区的住宅里是不多见的。而且，他知道卡吉尔夫妇根据从杜丽那里得到的错误消息，已提前出国旅行去了，以便让他们的女儿行动更自由些。当他从耶鲁俱乐部的大门走出来，踏进麦迪逊大街时，邮递员与他擦肩而过，于是他转身尾随他返回去，落入他眼帘的第一封信恰好是杜丽的笔迹。

　　他知道这封信会说些什么——他知道她会先来上一段孤寂和悲怆的独白，然后满纸的谴责、追忆以及无数个"我不知是否……"——原先他与波拉·利吉德尔通信时的绵绵情话似乎已是上个世纪的事了。在翻阅了一些票据账单后，他把杜丽的信挑出来放在面上，打开来。他大吃一惊，里面只是一张简短的，但较正式的便条，说她周末不可能陪他去乡间，因为芝加哥的佩里·赫尔出人意料地来到这里；接着又说这一切都是由安森引起的:"——假若我感到你是像我爱你一样爱我的话,我会随时随地陪你去,但是佩里对我这么好,他非常想要我嫁给他——"

安森轻蔑地笑了笑,因为他已多次收到过这种骗人落入圈套的信。再者,他知道杜丽是如何精心策划这个计谋的:很可能是她把言听计从的佩里叫来,计算好他到达的时间——甚至这张便条也是细细琢磨过的,叫他心生醋意,但又不至于让他受不了。像很多妥协信一样,便条写得既不以势压人,也不活力四射,而是带着怯生生的失望。

他突然发起火来。他在大厅里坐下来,又把信念了一遍。然后他走到电话机旁,给杜丽打电话,用明确而强硬的语气对她说,他已经收到她的便笺,他将按他们原先计划的那样五点钟去找她。没等到她假惺惺地说完她"也许可以匀出一个小时",他就把电话挂了,走到他楼下的办公室。他一边走,一边把自己的那封信撕得粉碎,撒到马路上。

他没有嫉妒——她对于他来说并没有什么——而是她那用心良苦的计谋使他身上那种倔强和自我放纵的本性冒了出来。这个计谋出自一个智力低下的人,但不能予以忽视。如果她想要知道她属于哪号人,那么她很快就会明白。

他五点一刻来到了她家的台阶上。杜丽在穿衣服准备上街。他默默地听着这样一句话:"我只能匀给你一个小时。"这话也正是她在电话里一开始说的那句话。

"杜丽,戴上帽子,"他说道,"我们出去走走。"

他们朝麦迪逊街走去,穿过它上了第五大道。此时安森的衬衣在闷热的天气中湿乎乎地贴在他胖胖的身体上。他很少说话，没苛责她，也没挑逗她。但是还没等他们一同走过六个街区，她已经又是他的人了。她对那张便笺表示歉意，还说作为赔礼她不再去见佩里，甚至说她愿意他要什么给什么。她满以为他来找她，是因为他开始爱上了她。

"我很热。"在他们走到七十一号街时，他说道，"我穿的是一套厚西服，走到我家时我进去换一下衣服，你在楼下等我一会儿，你不在意吧？我只要一会儿。"

她很快乐。他感到热，表示对她亲密无间，任何有关他身体上的感受都使她激动不已。当他们来到铁栅门，安森掏出钥匙时，她有一种难以言表的愉悦。

楼下很暗，在他乘电梯上去时，杜丽撩开窗帘，透过网眼纱帘瞧了瞧路对面的房子。她听到电梯的机械声停了下来。她心想逗弄他一下，便揿了让电梯下来的按钮。然后，在一种强烈的冲动之下，她走进了电梯，让它开至她猜想他所在的楼层。

"安森。"她喊了一声，哈哈一笑。

"稍等一会儿。"他从卧室里应答道……在短促的延迟后，他又说："现在你可以进来了。"

他已换好衣服，正在扣西装背心上的纽扣。

"这是我的房间，"他轻声说道，"你喜欢吗？"

她看到了挂在墙上的波拉的照片，全神贯注地凝视着它，正如五年前波拉看安森跟少年时代的女友合影时的神情一样。她听说过有关波拉的情况——有的时候，她用其中的某些情节来折磨自己。

顿时，她举起双臂走近安森。两人紧紧拥抱在一起。此时窗外庭院里已经亮起了灯光，呈现一派隐约的黄昏景象，暮色温柔，尽管当时照在对面屋后顶上的阳光仍很明亮。再过半小时，室内会变得相当昏暗。没有预料到的机遇突然出现，使他们不知所措，两人有些喘不过气，抱得更紧了。现在必须做出决定，刻不容缓。他们一边互相拥抱着，一边抬起了各自的头——他们的眼睛不约而同地落到了波拉的照片上，她的那双眼睛似乎从墙上直直地盯着他们的一举一动。

安森突然放下他的双臂，坐到写字桌旁，拿出一串钥匙，一把把地去试，想打开抽屉。

"想不想喝一点儿？"安森用一种粗哑的声音说道。

"不想喝，安森。"

他给自己倒了一杯威士忌，一饮而尽。然后，他打开通向大厅的门。

"过来。"他说。

杜丽迟疑了一下。

"安森——反正我今晚跟你一起去乡下。你理解我的意思吗？"

"当然清楚。"他猛然回答。

他们坐上杜丽的汽车，驱车前往长岛，在感情上他们比以往任何时候更亲近。他们知道将会发生什么事情——此时没有照片上波拉的音容笑貌来使他们想起他们之间所缺乏的东西，而当他俩在长岛寂静又炎热的黑夜里单独相处在一起时,他们对什么都不在乎了。

他们准备度周末的那套房产位于长岛华盛顿港,是属于安森的一个堂妹的,她嫁给了一个蒙大拿的铜矿主。汽车驶进了一条漫长的私家车道,从一间守门的小屋开始,然后在国外引进的白杨小树下蜿蜒伸展。车沿着车道驶向一座具有西班牙建筑风格、粉红色外墙的豪宅。安森以前经常来这里做客。

饭后,他们去一家叫作林克思的俱乐部跳舞。到了午夜时分,安森确信她的堂姐妹们在凌晨两点前是不会离开的,所以他就对她们说杜丽觉得累了,他要先把她送回去,然后再回来跳舞。两人怀着激动的心情战战兢兢地坐进一辆借来的汽车里,驶向华盛顿湾。当他们到达门房时,停了下来,安森对守夜人说了几句话。

"卡尔,你什么时候出去巡查?"

"马上就去。"

"那么在外出的人回来之前,你一直在这里?"

"是的,先生。"

"那好,你听着:如果有汽车来,不管是谁的车,从这道门进去,我要你立即打电话告诉里面。"他塞给卡尔五块钱,"听明白没有?"

"明白了,安森先生。"他作风老派,所以既没有眨一下眼,也没微微一笑。然而,坐在车里的杜丽,却把脸稍稍转向旁边。

安森有一把钥匙。进屋后,他给两人各倒了一杯酒。杜丽没有碰她的那一杯。然后，他看清楚了电话放的位置。他发现电话就在他们房间的边上，很容易听到铃响，而他们的房间都在第一层楼里。

五分钟后，他敲敲杜丽房间的门。

"是安森吗？"他走进去随手关上了门。她不安地斜倚在床上，两个胳膊肘斜撑在枕头上。在他坐到她身旁时，他把她搂在怀里。

"安森，我亲爱的。"

他没有回答。

"安森。……安森！我爱你。……说你爱我。现在就说。为啥不说哟？即令你不当真，为啥不说哪？"

他没有在听。他发觉波拉的照片就挂在这面墙上，正好在她头顶上方。

他站起来，走近那幅照片。镜框在经过三次反射的月光下发出暗淡的亮光——在镜框里他看到一张模糊不清的脸，他发现他并不认识它。他差一点抽泣起来，转过身用一种厌恶的眼光注视着床上的那个娇小人形。

"这一切全是傻昏了头，"他含混不清地说道，"我不知道我当初是怎么想的。我并不爱你，你最好等候那个爱你的人。我一点儿都不爱你，你懂吗？"

他戛然停下了，匆匆走了出去。回到客厅里，他给自己倒了一杯酒，手指头似乎都不听使唤。此时前门突然打开，他的堂妹走了进来。

"哟,安森,听说杜丽有点儿不舒服,"她关切地问道,"我听说她身体不舒服……"

"没什么,"他打断了她的话,提高嗓子说话,好让他的声音传到杜丽的房间里去,"她感到有点儿累了,她去睡了。"

此后有段时间,安森都相信有一位保护神在干扰人间的婚恋嫁娶。但是,杜丽·卡吉尔却躺在床上,呆呆地瞧着头上的天花板,再也不相信任何东西了。

六

第二年秋天,杜丽结婚时,安森正出差在伦敦。像波拉结婚一样,此事来得很突然,不过对他的影响迥然不同。起初,他感到很滑稽,想起它时,忍不住要笑出声来。后来,这件事让他感到很抑郁,使他感到自己老矣。

这件事中有些东西是重复出现的。唉,波拉和杜丽竟然属于不同的两代人。他提前感受到了一个四十岁男人听说一位旧情人的女儿结婚时的情感。他致电表示祝贺,但是跟波拉的情况有所不同,他这次的祝福是真诚的,而对于波拉,他从来没有真心实意地希望她婚后会幸福。

在他回到纽约时,他成了公司里的合伙人。由于责任越来越重,他自己支配的时间越来越少。一家人寿保险公司拒绝给他签订险单使他深感不安,于是他有一年时间没有喝酒,并声称感到体力较前要好得多,虽然我想他一定很怀念可以就自己那些切利尼式①的经历谈笑风生的时候。这些故事在他二十来岁时曾在他生活中占据了很大的比重。不过，他决不离开耶鲁俱乐部。他在那里是一个人物，颇具影响力。他班里的那些人，虽然此时离开学校已整整七年了，本已该转移至一些更审慎安静的处所活动，但是因为他的在场而仍常聚在这里。

无论他平时的日程排得多满，心绪多么劳累，每次有人向他求助时，他还是很愿出力相助。开始时他所做的一切是出于自尊心和优越感，后来则变成一种习惯，一种激情。而且，事情总是一桩接一桩，譬如在纽黑文的一个弟弟陷入了困境；或者一个朋友和他的妻子发生了口角需要调解；或者要为这个人谋个职位，要为那个人筹集一些资金。但他最善于解决的，还是年轻夫妇间的问题。年轻夫妇深深吸引着他的注意，他们的寓所对他来说几乎像圣殿一般。他了解他们怎样相识相恋，劝导他们到哪里去居住和如何生活，他还记得住他们孩子们的名字。他对年轻妻子们的态度是十分小心谨慎的，他从不滥用她们丈夫对他寄托的信任——说也奇怪，尽管他的一些出格的行为众所周知，但仍能博得大家一致的信任。

他为幸福的婚姻感到由衷的高兴，也对那些走入歧途的婚姻感同身受，感到忧心如焚。每一个季节他都会亲眼见证一桩婚事的失败，也许其中还有他促成的。后来波拉离婚了，没多久又嫁给了另一个波士顿人。有一次他跟我谈起波拉，谈了整整一下午。

---

① 本维努托·切利尼（1500—1571），意大利雕塑家、金匠和作家，传说中他有许多恋爱的经历。

他说他绝不会像爱波拉那样爱别的任何人，不过他坚持说他不再在乎什么。

"我绝不会结婚，"他滔滔不绝地说起来，"我看得太多了，我知道幸福的婚姻少之又少。再说，我太老了。"

但是，他心底里是相信婚姻的。像所有出身于幸福和成功婚姻家庭的人一样，他对婚姻是坚信不疑的。他所见到的一切都不会改变他的这个信仰，他玩世不恭的态度碰上它也会烟消云散。不过，他倒真的相信他太老了。到了二十八岁，他安之若素地接受了没有浪漫爱情的婚姻前景；他坚定地选择了一位属于他自己阶级的纽约姑娘，漂亮、聪明、善解人意、无可挑剔，并渐渐爱上了她。那些他曾无比真挚地对波拉说过的话，后来他也出于风度向其他姑娘说过，而到了如今，他再也没法在说这些话时不笑出来，即便说出来也无法令人信服了。

"到四十岁时，"他对朋友们说，"我会成熟起来。像其他人一样，我会爱上一个歌舞团的女演员。"

不过，他还是我行我素。他母亲焦急地盼他早日结婚成家，而且他现在养个家是绰绰有余。他已在证券交易所有了一席之地，年薪达二万五千美元。结婚成家这个想法也切合他当时的思想，因为当他的朋友——多数还是他和杜丽一起混熟的那伙人——晚上在家里享受天伦之乐时，他不再为自己的自由自在感到高兴。他甚至在想他当初是不是该娶杜丽为妻，就连波拉爱他也没有那么深。他现在孑然一身，开始明白一个人一生中很难遇到真挚的感情。

正当这种思绪潜入他的心底时，他听到了一个令人不安的消息。他的婶婶艾德娜，一个将近四十岁的妇人公开跟一个名叫凯里·斯洛恩的青年鬼混。这个年轻人生活放荡，嗜酒成性。这件事人人皆知，只有安森的叔父罗伯特还蒙在鼓里。他十五年来一直在俱乐部里厮混，对妻子漠不关心。

安森一遍又一遍听人说到这件绯闻，心情也越来越烦躁。他对叔父以往的感情复燃起来，这种感情不纯粹是个人之间的感情，而是那种他为之感到自豪的家族团结精神的回归。他凭直觉一眼便看出这件事的要点，那就是他的叔父不应该受到伤害。这是他第一次在对方没有提出请求的情况下，主动进行干预。但是由于他对艾德娜的性格了如指掌，他感到他能够比地区法官或他叔父更好地处理这件事。

他叔父在温泉城。他先了解了这件丑闻的来龙去脉，确认不是谣传，然后再打电话给艾德娜，邀她次日到广场酒店共进午餐。他说话的语气一定让她吃了一惊，因为她一再推辞，但他坚持不懈，多次推迟日期直到她找不到借口推却。

她在预约的时间到达广场酒店，在大厅里跟安森相会。她长得很秀气，略显憔悴，白肤金发，眼睛呈暗灰色，身着俄罗斯的貂皮短大衣。镶嵌着冰冷的钻石和绿宝石的五只大戒指在她纤纤的手上闪烁。安森脑子里突然闪出这样一个念头：是他父亲的，而不是叔父的聪明才智挣来了这些裘皮和宝石，而正是这些华贵的东西支撑了她此时此刻的风韵雅姿。

虽然艾德娜觉察到他不怀善意，但她对他那种直截了当的处事方法毫无准备。

"艾德娜，我对你的所作所为感到惊讶，"他用一种强硬但坦率的口气说道，"起初我不相信它是真的。"

"相信什么？"她针锋相对地反问道。

"你不要对我装腔作势，艾德娜。我指的是有关凯里·斯洛恩。不说别的考虑，我没想过你会这样对待罗伯特叔父——"

"你听着，安森——"她开始生气了。但是安森用命令式的口气打断了她的话。

"——还有你们的孩子们。你们结婚已十八年了，年龄也不小了，该明辨是非。"

"你不能那样对我说话！你——"

"不，我要这样说。罗伯特叔父一直是我最好的朋友。"他动起真情来了。他为他叔父感到难过，为三个年幼的堂弟妹感到难过。

艾德娜站起来，她要的那份蟹肉冷盘留在那里，没尝一口。

"这简直荒唐透顶——"

"好吧，要是你不想听我说，那么我就去找罗伯特叔父，原原本本把事情告诉他。他迟早会听到的。过后我还要去找斯洛恩家的老摩西。"

艾德娜身子一摇晃又坐进了椅子。

"不要那么大声说话，"她恳求他，泪水模糊了她的视线，"你不知道你的声音会传得多远。你不该选这么一个公共场所来兜翻这件事情。"

他没有搭理她。

"唉，我知道你从来就不喜欢我，"她接着往下说，"你只是想利用那些无聊的传闻试图来破坏我唯一拥有的真挚友情。我做了什么事让你这样恨我？"

安森仍然静候不语。艾德娜开始企图打动他的侠义心肠，接着设法激发他的怜悯之心，最后再求助于他良好的教养。待他将她的这几手一一顶住之后，对方便会低头承认，他就能开始处理她的问题了。他时而沉默不言，时而显得无动于衷，而他反复使用的主要武器是他自己的真情，动之以情。这样到午餐时间悄然逝去时，他逼得她发愣，伤心欲绝。两点钟时她拿出一面小镜子和一条手绢，擦去泪痕，在泪水留下的痕迹里扑上些胭脂花粉。她同意五点钟在她自己家里再跟他会面。

他到达的时候，她躺在一张睡椅上，椅子上铺了一块夏天用的印花装饰布。午餐时他让她流出的眼泪似乎仍存在她的眼眶里。此时，他意识到凯里·斯洛恩就站在冷冰冰的壁炉旁，神情阴沉又焦急。

"你的这个主意是怎么回事？"斯洛恩很快就开腔了，"我了解到你邀她去吃午餐，然后根据某些流言蜚语威胁她。"

安森坐了下来。

"我没有理由认为那些只是流言蜚语。"

"我听说你还要把这些东西转告给罗伯特·亨特和我的老父亲。"

安森点点头。

"要么你跟她一刀两断，否则我就那样做。"他说道。

"见鬼了，这跟你有什么关系，亨特？"

"你不要发火，凯里，"艾德娜不安地说，"我们只需要说明他是多么的荒唐……"

"首先，你把我家的名声搞得满城风雨，"安森打断她的话，"这是因为你，凯里。"

"艾德娜不是你家的人。"

"她绝对是！"他的火气上来了，"呃，她住的这座房子，手上戴的戒指都是靠我父亲的心血挣来的。罗伯特叔父娶她时，她身无分文。"

他们都瞧着那些戒指，仿佛它们对当前的情况有举足轻重的影响。艾德娜做了一个姿势，要把它们从手指上取下来。

"我想它们不是世上仅存的戒指。"斯洛恩说道。

"嗨，太荒谬了。"她大声说，"安森，你愿不愿意听我说？我已经看出来了这个滑稽戏是怎么开始的。是我解雇的一个女仆，她到了奇尔蔡夫家去干活。这些俄国佬从他们的仆人那里打听消息，然后说三道四，搬弄是非。"她愤恨地用拳头敲了一下桌子，"去年冬天我们去南方，汤姆把我们的房车借给他们整整一个月，之后……"

"你明白吗？"斯洛恩急切地问道，"这个女仆把事情完全搞颠倒了。她知道艾德娜和我是朋友，然后她把事情传到奇尔蔡夫家去。在俄国，他们认为一个男人和一个女人……"

他把这个主题扩充成了对高加索社会关系的专题研究。

"如果情况是那样，最好向罗伯特叔父解释清楚，"安森干巴巴地说，"这样他听到谣传时，便会知道真伪。"

安森采取了午餐时对付艾德娜的同样方法，让他们自己辩解，自圆其说。他知道他们做贼心虚，不一会儿便会跨过从辩解到强词夺理的界线，然后给他们自己定罪，定得比他定的还要重。不到七点钟，他们已经决定孤注一掷，向他吐露真情，告诉他罗伯特·亨特如何不关心艾德娜，她又怎么孤寂、冷清以及偶然的调情嬉戏怎么燃起了激情。但是像许多这样的故事那样，他们所讲的一切都是老一套，打动不了人心。那些软弱无力的内容更是难以打动安森的心，他的意志就如有钢胄铁甲护着岿然不动。他威胁要把事情捅到斯洛恩父亲那里去。这一招使他们一筹莫展，陷入绝境，因为斯洛恩的父亲过去是一个来自亚拉巴马的棉花经纪人，也是一个出了名的基要主义者①。他通过给生活津贴来严格控制儿子，扬言他再闹出什么事情来，自己就要永远停止给他的津贴。

他们一起在一家法国小餐馆进餐，又继续讨论。有一度斯洛恩用打架格斗来威胁，但过了一会儿他俩恳求他再给他们一些时间。但是，安森冷酷无情，寸步不让。他看到艾德娜精神快要崩溃了，他不应该让她因激情复燃而振作起来。

凌晨两点钟，在五十三号街上的一家小小夜总会里，艾德娜

---

① 基要主义者（fundamentalist），二十世纪初美国基督教新教教徒发起一场运动，强调《圣经》在信条和教义方面是一贯正确的，信奉它的人称为基要主义者。

的神经一下子垮了。她大哭大闹着要回家。斯洛恩整宵猛喝酒，很是沮丧，身子靠在桌子上，双手捂住脸在轻轻地哭泣。安森很快就向他们提出了条件。斯洛恩必须离开纽约六个月，而且必须在四十八小时内走人。若以后他返回这里，不得重续旧情。不过，满一年后，艾德娜要是仍有这般愿望的话，可以对罗伯特·亨特提出离婚要求，一切按通常的做法行事。

他停顿了一下，看了看他们脸部的表情，对自己刚说的话很有信心。

"或者你们可以做另外一件事，"他慢吞吞地说道，"那就是，如果艾德娜想离开她的孩子，那么我无法阻挡你们一起私奔。"

"我要回家！"艾德娜又哭闹起来，"哎哟，你这一天还没把我们折腾够吗？"

外面一片漆黑，只有从第六大道照过来的暗淡亮光。就在这光线下曾是一对情人的男女最后一次搜寻对方哀伤的面容，发现他们两人已没有足够的青春和活力来逆转他们的诀别了。斯洛恩突然走上街头离去。安森轻轻敲了敲正在打瞌睡的出租车司机的手臂。

差不多凌晨四点钟了，有一股清扫街道的水沿着第五大道寂寥的人行道缓缓地流淌着。两个妓女的身影在圣托马斯教堂黑魃魃的建筑物正前方掠过。然后他看到中央公园冷清清的矮树丛——童年他时常来这里玩耍。车窗外经过的街道号码变得越来越大，这些数字正如名字一样各具含义。他在想这就是他的城市，就在这里，他家族的名字经过五代人的努力已如日中天，十分显耀。没有变化能改变他家庭在这里永恒的地位，因为变化本身是事物最本质的东西，而冠以他家族名字的他和其他人员正是依靠它使他们自己与纽约精神融为一体。他的诡谲多谋和顽强意志已把积聚在他叔父名字上的灰尘掸掉，也从他家族的名字上掸掉，甚至从汽车里坐在他身旁的那个在不停颤抖的人身上掸掉。他的那些威胁若出自一个意志软弱之人便会一无所用。

第二天早晨，在皇后区大桥桥墩下方的平台上找到了凯里·斯洛恩的尸体。由于夜色很黑，加之情绪激动，他把那个平台误认为是桥下黑黝黝流动的河水。不过在这一瞬间，一切都无关紧要，除非他打算临终前还要在水中最后一次思念艾德娜，并在孱弱无力挣扎时，再呼喊一遍她的名字。

七

安森从不责备自己在这件事中所起的作用——造成现在这种情况不是他的意图。但是，善恶双方都受到了惩罚。他发现跟他关系最久，也是他最珍贵的友情已付之东流。他从不知道艾德娜所讲述的情况是被如何歪曲了的，但是他已不再受到叔父家的欢迎。

就在圣诞节前，亨特夫人撒手人寰，命归西天，安森成了一家之主。一个没有结婚、跟他们住在一起多年的姑姑管理家务，努力监护家里那些未成年的姑娘。但是她无能为力，收效甚微。这些孩子都不如安森那么独立自主，他们的优缺点都平常又平庸，并无特别之处。亨特太太的去世推迟了一个女儿进入社交的时间和另一个女儿的婚期。她的去世也使他们家中所有的人失去了许多深层次上的物质享受，因为随着亨特夫人的逝世，他家的那种安详富裕的优越生活一去不复返了。

首先，他家的房地产已不再是一笔令人注目的财产：先是在交纳了两笔遗产税后大伤元气，不久又要被六个孩子瓜分，实力大损。安森看到在他几个年轻的妹妹身上有一种倾向，即谈起二十年前"名不见经传"的那些家庭时相当毕恭毕敬，他的那种唯我独尊，以老大自居的感觉却在她们身上没有多少反映，有的时候她们如同一般人一样变得很势利，仅此而已。其次，这年夏天是他们要去康涅狄格那套房子里度假的最后一个夏天。结果大家对这个决定群起而攻之，说什么："谁要把一年中最好的几个月白白浪费掉，封闭在那个死沉沉的小镇上？"他不得不屈从了，决定秋天就把这座房子上市出售，第二年夏天去威斯切斯特郡租一个小一点的房子。这当然是从他父亲奢中带简的思想那里又往后退了一步。他倒也理解大家的反对，但他还是很恼火。他母亲活着的时候，他至少隔一个周末要上那里去一次——甚至在最快乐的夏天。

然而，他自己也是这个变化中的一部分。他对于生命之道的本能认知在他二十来岁时早已使他背弃了那个无谓的、已踏上末路的有闲阶级。他自己并没有清楚地看到这一点。他仍然感到有一个社会准则，一个社会标准存在。但是，实际上并无准则可言。纽约是否真的有一个什么准则存在过，这也非常值得怀疑。有那么一些人付出昂贵的代价，殊死拼搏，为的是要进入某个特殊的圈子，结果发现作为一个社会，他们挤进来的这个圈子早已运转不下去了——或者，更让他们震惊的是，他们想摆脱的那些放荡不羁、毫无准则的家伙在宴会桌上的席位往往比他们还高。

到了二十九岁，安森的主要心病是他自己感到越来越孤独。他这时相信他绝不会结婚成家。在婚礼上他担任傧相或司仪的次数可以说不计其数。在他家里有一只抽屉，里面塞满了这个或那个婚礼发给的领带，这些领带代表着短暂的、有的甚至坚持不到一年的浪漫故事；代表着已经完全从他生活中消失的一对对新人。围巾夹、金笔、袖口链，还有新郎们送的其他礼品，都放进珠宝匣，最终不知去向了。他每经历一次这种仪式，就越不能想象自己当新郎会是什么样子。在向新郎新娘表示由衷的祝愿时，他自己心底里却是一片绝望。

近三十岁时，尤其最近一段时间里，他因看到婚姻对他与朋友之间友情的损害而颇感抑郁，郁郁寡欢。一批又一批的人纷纷散伙或不知去向。原先他大学里的那帮男生更难找到，而恰恰在他们身上他倾注了最多的时间和感情。他们大多数蜷缩在家里，还有两个死了，一个迁居国外，一个在好莱坞给影片写分镜头剧本，安森是这些影片的忠实观众。

然而，他们中大多数都是上班族，围绕某个郊区乡村俱乐部，过着繁冗的家庭生活，正是从这些人身上他最深切地感觉到自己跟他们离得越来越远了。

在他们婚姻生活的初期，他们都需要他。他告诉他们如何使用不甚丰厚的收入。他解除他们的疑虑，说明在一套二居室带一卫生间的寓所里可以生儿育女。他更是代表着外面的大千世界。然而，现在他们经济不再拮据；原先害怕怀孕，现在孩子已变成家庭中的一员。他们总是很高兴见到安森。但是他们去见他时总是穿戴整齐，竭力要让他知道他们已今非昔比，有了困难也能自行解决。他们不再需要他帮助了。

在他三十岁生日的前几个星期，他年轻时最亲密的朋友中的最后一个也结婚了。安森跟通常一样担任傧相，送给他一套银茶具，又同样去到码头，为搭乘"史诗"号远洋邮轮去度蜜月的新人送行。这是五月的一个炎热的星期五下午，当他从码头走回时，他发现星期六股市已开始收盘，星期一上午之前他闲着没事。

"上哪里去？"他问自己。

当然，去耶鲁俱乐部；打桥牌一直打到吃晚餐，然后在某人的房间里喝上四五杯鸡尾酒，过上一个快乐而胡乱的夜晚。他很遗憾今天下午的新郎没能一起来，他们以往经常这样把许多活动塞进一个夜晚。他们知道如何去勾搭女人，又如何把她们甩掉；他们也知道一个姑娘该从他们理智的享乐主义中得到多少关注。每一次聚会都得经过精心策划、调整——带哪些姑娘到什么地方去，在跟她们一起玩乐时花费不多不少。喝一点儿酒，但不过分超过你该喝的量；到了早上某个时间你站起来告辞，就说你准备回家。你避开大学生和白蹭吃喝的人，不承诺参加以后的活动，不动手打架，不感情用事，不做出有失检点的行为。这就是你该怎么做，不该怎么做。余下的便是纵情作乐。

到了早晨你绝不会深感遗憾,因为你没有做出任何决定。但是,如果你玩得过了头,脑子有点晕,那么你就戒上几天酒,不提聚会的事,只待着,等到你又感到厌烦难耐,再投入到另一次聚会中去。

耶鲁俱乐部的大厅里人不多。在酒吧里,只有三个非常年轻的校友,抬头朝他瞧了一眼,十分短促,也没有表现出好奇心。

"喂,怎么,奥斯卡,"他对那个酒吧男侍说,"卡希尔先生今天下午来过这儿没有?"

"卡希尔先生去纽黑文了。"

"唔……是这样吗?"

"去看球赛了。好多人去了。"

安森又一次往大厅里瞧了瞧,思索了一会儿,然后走了出去,往第五大道走去。一个头发灰白的老人,从路边一家俱乐部宽大的窗子里——这家俱乐部他已有五年没有去过了——用一双水汪汪的眼睛注视着他。安森迅速转过脸去,那个坐在空荡的房间里既高傲又孤单的人形使他感到很难受。他停了下来,往回走了几步,走过四十号街,朝蒂克·沃登的公寓走去。蒂克和他妻子曾一度是他最熟悉的朋友。他们的家也曾是他和杜丽·卡吉尔在谈恋爱时常去的地方。不过,蒂克爱上了喝酒,他妻子公开说过安森对他起了坏作用。这句话传到安森耳朵里时又被夸大了。最后虽然事情给澄清了,但是原先亲密无间的关系破裂了,一直没有修复。

"沃登先生在家吗?"他问道。

"他们到乡下去了。"

这个消息犹如晴天霹雳，出乎意料。他们到乡下去了，而他全然不知道。两年前他会确切地知道他们何日何时走，临行前还会一起喝上一杯，以及约定他何时去拜访他们，而现在他们不辞而去，连一句话都没留下。

安森瞧一下表，想跟他家里人一起度周末，但是唯一的一趟火车是区间慢车，在难忍的闷热中要颠三个小时。明天在乡下，还有一个星期日呢——他没有情绪跟一帮斯文的本科生玩桥牌，然后在乡下路边餐馆里吃饭跳舞，小乐一番，这种乐趣是他父亲生前大为看重的。

"哦，不……"他自说自话，"不。"

他是一个举止庄重的年轻人，一表人才，现在身材略显粗了些，但他纵情恣欲的生活就没在他身上留下什么痕迹。他本来可以铸就成一个栋梁之材——譬如法律界或者教会的台柱人物。有时你会认为他成不了社会的栋梁，有时则认为非他莫属。他一动不动地在四十七号街一座公寓房前的人行道上站了几分钟，这几乎是他生平第一次无所事事。

然后，他很快走上第五大道，仿佛刚有人提醒他在那里有一个重要约会。假装也许是少数人和狗所共有的特征之一。那天我想到安森，把他看成一条有良好教养的种犬，来到一扇熟悉的后门而被拒之门外。他准备去见尼克，后者曾是一家时髦酒吧的男侍，在私人舞会上颇受欢迎，现在受雇广场酒店，在迷宫般的酒窖里负责冷藏不含酒精的香槟。

"尼克,"他说,"一切都是怎么了?"

"一切照旧。"尼克说。

"给我调一杯柠檬威士忌鸡尾酒。"安森将一只一品脱的杯子递过柜台,"尼克,姑娘和姑娘大不一样;我在布鲁克林认识的一个小姑娘,上星期结婚都没有通知我一声。"

"是这样吗?哈,哈,哈。"尼克颇有风度地回答道,"把你蒙了吧!"

"一点儿没错,"安森说道,"她结婚前一晚我还跟她一起出去呢。"

"哈,哈,哈,"尼克笑道,"哈,哈,哈!"

"你记得在温泉城的婚礼吗,尼克?那次我要服务员和乐手一起唱'上帝保佑英王'。"

"那次是谁的婚礼,亨特先生?"尼克思索了一番,"我记得是……"

"第二次他们要价更高,我想知道我付给了他们多少钱。"安森继续说道。

"我记得那次好像是特伦霍姆先生的婚礼。"

"我不认识他。"安森断然说道,他给惹火了,怎么竟把这样一个陌生的名字强加到他的记忆里。尼克看出了这一点。

"不——不是他——"他乖乖地承认,"我该知道。那是你一伙里的一个人——布里金斯……贝克——"

"毕克·贝克,"安森回应道,"婚礼结束后,他们把我放在一辆柩车里,上面用鲜花盖住,然后开车把我送走。"

"哈，哈，哈，"尼克又笑了起来，"哈，哈，哈。"

尼克模仿旧时家仆的表演苍白无力，索然无味。安森上楼到大厅里去了。他环顾一圈——他的眼睛跟坐在桌子旁的一个陌生职员的目光相遇，然后又落到上午结婚仪式上掉落下来的一朵鲜花上。花在一只铜痰盂的口上晃荡。他走了出去，慢慢地朝着映在哥伦比亚环形广场上的血红色的晚霞走去。突然他转过身来，退回到广场酒店，把自己反锁在一个电话间里。

后来他对我说那天下午他三次打电话找我，又说他还给每一个可能在纽约的熟人打电话，包括他多年未见面的一些男男女女，其中一个是艺术家的模特儿，她还是他在上大学时认识的，笔迹已褪色的电话号码仍在通讯本里，但是电话总机告诉他，就连那个局号都早已不存在了。最后他的搜寻漫游到了乡下，他跟那些说话铿锵有力的男女仆人简短地问了几句，结果都令人失望。某某不在家，有的骑马去了，有的游泳去了，有的打高尔夫球去了，还有的上星期乘船去欧洲了。我还给谁打电话呢？

这简直无法容忍，他竟然要独自打发这个晚上——当孤寂强加于人时，个人盘算如何得到片刻的悠闲已无任何魅力可言。当然，总可找到那么一类女子能陪你消闲，但是他认识的几个暂时不知去向，而要跟一个雇来的陌生人在纽约一起过夜，他从来没有想过。相反，他一定会认为这是丢人现眼的事，见不得人的事，那是走江湖的推销员在陌生城市里才会有的消遣方式。

安森付了电话费。收钱的小姑娘本想对他打电话范围之广开个玩笑，结果讨了个没趣。这是他那天下午第二次离开广场酒店，不知往何处去。靠近旋转门的地方，站着一个女人，脸侧向灯光，显然她怀有身孕。门一转动，披在她肩上的那方米色披肩便轻轻扑打几下。门转一次，她便不耐烦地朝它看一下，仿佛她等得有点累了。看到她的第一眼，他觉得好熟悉，全身的神经像触了电似的，但是直至他走到离她不到五英尺的地方时，他才发现她就是波拉。

"哟，安森·亨特！"

他的心快跳出来了。

"哟，波拉——"

"哎哟，这太奇妙了。我简直不敢相信，安森！"

她捧起他的双手，他从她收放自如的姿势里看到以往的记忆对她来说已不再辛酸，但是对他来说却并非如此。他感到她在他身上唤起过的温情又悄悄潜进他的心头，那是一种含情脉脉的温柔。他就是用它来跟她的乐观情绪周旋，小心翼翼唯恐损伤了她。

"我们在莱尔过夏天。彼德也正好要来东部办事。我想你一定知道我现在是彼德·哈格蒂夫人了。我们带了孩子来，租了一幢房子。你得过来看看我们。"

"我可以吗？"他直截了当地问道，"什么时候？"

"随你高兴。瞧，彼德来了。"旋转门转动起来，走出来一个细高个男子，约三十岁，脸晒得黝黑，还留着修剪整齐的胡须。他无可挑剔的修长身材与安森日益发胖的身材形成明显的对照，安森的这种身材穿着剪裁得略嫌紧窄的上装更为显眼。

"你们不该老站着，"哈格蒂对妻子说，"让我们在那儿坐下。"

他手指大厅里的椅子，但是波拉踌躇不前。

"我得马上回家。"她说道，"安森，你为什么今晚不出来跟我们一起吃饭？我们刚安顿下来，不过，要是你能凑合的话——"

哈格蒂友善地再次发出邀请。

"出来过个夜晚。"

他们的汽车在酒店前等候，波拉拖着疲惫的身子在车子的一角靠着缎面靠垫坐了下来。

"我有好多话要跟你谈，"她说道，"说不完的话。"

"我很想听你说说你的情况。"

"哦——"她对哈格蒂莞尔一笑，"那也得说半天。我有三个孩子——都是我第一次结婚有的。最大的五岁，下面一个四岁，再下面一个三岁。"她又莞尔一笑，"我生他们没耽误多少时间，对吗？"

"都是男孩儿？"

"一个男孩儿，两个女孩儿。哎，还出了好多事，一年前我在巴黎离了婚，又跟彼德结了婚。就那些——还得说一句，我现在非常幸福。"

在莱尔，他们的车直接驶到靠近海滩俱乐部的一座大房子那里。从屋子里立刻跑出来了三个皮肤黑黑的、身材细瘦的孩子，他们挣脱了英国女教师，嘴里不知喊嚷着什么向他们跑来。波拉象征性地一个一个抱了抱他们，每一抱都很费劲。他们在接受她的爱抚时，显得很僵硬，显然已告诉他们不要在她怀里乱蹦乱跳。虽然陪衬的是孩子们鲜活的脸蛋，波拉的皮肤并不显老，尽管她体力上有点疲惫，但看上去似乎比他七年前在棕榈滩见到她时要年轻些。

吃饭时，她一直若有所思；后来，在收听收音机的广播时，她躺在沙发上，双目紧闭，以至于安森不禁问自己他这个时候在场是否不合时宜，惊扰了她。但是，到了九点钟，当哈格蒂起身，并和气地说他要离开他们一会儿时，她慢慢谈起了自己，谈起了往事。

"我的第一个孩子，"她说道，"我们叫'达琳'的那个，是个女孩子。当我知道我要生她时，我都不想活了。因为洛厄尔对我像是一个陌生人。她好像不可能是我的孩子。我给你写了一封信，又把它撕了。哎哟，你对我糟透了，安森。"

过去的对话又回来了，跌宕起伏。安森感到往事突然涌向眼前。

"你不是订婚了吗？"她问道，"一个名叫杜丽什么的姑娘？"

"我没有订婚。我试图订婚，但是除了你，我从没爱上过其他任何人，波拉。"

"噢。"她应了一声，过了一会儿说，"现在怀的这个孩子是我真正想要的第一个孩子。你瞧，现在我们相亲相爱 —— 终于。"

他没有回答，感到十分吃惊，她竟背叛了以往的记忆。她一定看出那个"终于"刺痛了他的心，因为她接着说：

"我曾经痴迷过你，安森 —— 你当初可以叫我做你喜欢做的任何事。但是，我们不会快活幸福。我对你来说不够聪明。我不像你那样喜欢把事情弄得很复杂。"她停顿了一下，"你永远成不了家。"她说道。

这句话犹如在他背后猛击一拳。这是对他的种种指责中他从未受到过的指责。

"我可以结婚成家，如果女人们不是那样。"他说道，"如果我对她们了解得不那么多，如果女人不因为其他女人而一味纵容我，如果她们还有一点自尊心的话。如果我可以睡上一会儿觉，在真正属于我的家里醒来 —— 唉，我要的仅此而已，波拉，女人们在我身上看到的也就这么一点，喜欢我的也是这么一点。只是我没法过最初的那一关啊。"

哈格蒂在不到十一点时进来了。在喝了一点儿威士忌后，波拉起身说她要睡觉去了。她走过去跟她丈夫站在一起。

"你刚才到哪里去了，亲爱的？"她问道。

"我跟爱德·桑德斯喝酒去了。"

"我担忧你会跑掉呢！"

她把她的头靠在他的上衣上。

"他很可爱，是吗，安森？"她问道。

"绝对可爱。"他回答道，纵声大笑。

她向丈夫仰起了脸。

"好吧，我要走了。"她说道。她转身对安森说："你要不要看看我们的健身操表演？"

"好呀！"他说道，表示很感兴趣。

"好，我准备好了。"

哈格蒂轻轻地把她抱了起来，抱在怀里。

"这叫作家庭杂技表演,"波拉说,"他把我抱上楼。他可爱不可爱?"

"可爱。"安森说道。

哈格蒂轻轻地低下头,直至他的脸贴在波拉的脸上。

"我爱他,"她说道,"我刚才对你说过了,说了没有,安森?"

"说过了。"他说道。

"他是世上最可爱的人了。亲爱的,你是不是?……那么,晚安。我们上去了。他身体挺棒吧!"

"很棒。"安森说道。

"我会给你找一套彼德的睡衣。多做几个美梦。明天早餐时见。"

"好的。"安森说道。

八

公司里的资深人士坚持认为安森该到国外去过夏天。他们说七年来他很少休假。他辛劳过度,需要换个环境。但安森拒不答应。

"要我去,"他公开宣布,"我就不再回来了。"

"那是胡闹,老兄。你三个月后回来,忧愁全消,跟以前一样健康。"

"不。"他顽固地摇摇头,"一旦停下来,我就不会回来工作了。要是我停下来,那就是说我放弃了,我完蛋了。"

"我们不妨冒险试一试。如果你愿意，待上六个月也行——我们不怕你会离开我们。嗨，要是你不工作，你会难受死了。"

他们为他安排了外出的事宜。他们喜欢安森——人人都喜欢安森——近来他身上出现的一些变化给办公室蒙上了一层阴影。一直以来，他对工作兢兢业业，精神饱满，对同级和下属关心备至，还有他在哪里，哪里便朝气蓬勃……可是，近四个月来，他显得神经高度紧张，这些品质化解成了四十岁男子才常表现的烦躁和悲观。在他参与的每一笔生意中，他成了累赘，成了阻力。

"要是我走，我决不回来。"他说道。

在他出海远航的前三天，波拉·利吉德尔·哈格蒂在分娩时死去了。这段时间，我跟他在一起的时间很多，因为我们要一起越洋出国，但是在我们的友好交往中，他是第一次没跟我说一句他内心的感受，我也看不出他感情上有丝毫的变化。他主要关注的事实是他已经三十岁了。他常常在交谈时，话锋一转，提醒你这个事实，然后陷入沉默，仿佛他认为这句话的本身就足以引发出一系列的思绪。像他的合伙人一样，我对他身上的这种变化感到惊讶。我很高兴，"巴黎号"邮轮终于起航了，驶进欧美大陆间的茫茫大海之中，把他的王国留在了身后。

"喝一杯怎样？"他建议。

我们走进酒吧，带着起航当天所特有的放纵情绪，要了四杯马提尼。一杯酒下肚后，他身上出现了变化。他突然把手一伸，拍了拍我的膝盖，带着几个月来我第一次看到他流露出来的欢快情绪。

"你看到那个戴红色宽顶无檐圆帽的姑娘吗?"他问道,"那个脸色红润的姑娘,码头上有两只警犬向她告别。"

"她很漂亮。"我附和了一声。

"我在船上总务长的办公室里查过她的信息了,发现她单身一人。过几分钟我去把服务员找来。今晚约她跟我们一起吃饭。"

过了一会儿,他离开了我。不到一个小时,他就开始在甲板上跟她一起散步,用他有力而清脆的声音对她说话。她那顶红色的帽子成了一个亮点,映现在铁青色的海水上面。她不时抬头仰望,她头上的短发随之闪烁。她不停地微笑,显得很开心,兴味十足,还带着某种期盼。晚餐时,我们喝香槟,非常快乐。之后,他兴致勃勃地玩台球,有好几个人看到我跟他在一起,过来问我他的名字。我去睡觉时,他和那个姑娘还在酒吧的一个雅座里谈笑风生。

在那次旅途中,我与他相处的时间比我希望的要少。他本想给我也找个伴,四个人一起,但是找不到人,所以我只是在吃饭时见到他。虽然他有时会到酒吧去喝一杯鸡尾酒,他会对我说一些有关那个戴红帽子姑娘的事,以及他跟她的一些经历,说得都很奇妙和有趣,就像他一贯的作风那样。我很高兴他又回到了老样子,至少是我认识的那个样子,我跟他也感到自在多了。我并不认为他很快活,除非有人爱上他,像铁屑碰到磁铁,相吸相附,帮助他认识自己,向他做出某种承诺。我不知道承诺的内容是什么。或许是说,世上总有女人会把她们最亮丽、最清新、最宝贵的时光用于呵护和保护他心中最珍爱的优越感。

冬 之 梦

一

　　高尔夫球场里的球童大多家境都很贫寒，有的可说一贫如洗，一家人挤在一居室的屋子里，屋前小院子里拴着一头神经衰弱的奶牛。不过，德克斯特·格林家并非那么穷，他父亲拥有黑熊镇上第二大的杂货店（最大的一家店名叫"福心"，去光顾的都是雪利岛上的富人大佬们）。德克斯特当球童只是为了挣点零花钱罢了。

　　深秋，秋气肃杀，天气变冷，天空灰沉沉的，明尼苏达漫长的冬天就要来临了，白雪像一只白色的箱盖笼罩大地。德克斯特的雪橇就在被积雪掩埋的高尔夫球场的球道上滑动。此时此景总给他一种深深的伤感，球场将长时间被冷落闲置，一片沉寂，只有几只羽毛零乱的麻雀出没其间，一幅阴郁沉闷的景象。夏天，高尔夫球场的发球台彩旗飘舞，而如今只有几只孤零零的沙箱，半埋在坚硬的冰雪之中。当他越过小丘，犀利的寒风吹来，如刀割一般，倍添凄凉之感。要是遇上太阳出来，面对乱射过来刺眼的强光,他便眯起双眼,徒步踏雪前行。

四月,冬天戛然离去。融化的雪水流入黑熊湖,压根不等先期来到的高尔夫球友们,他们用红色的和黑色的球来迎接赛季的到来。没有意气风发,也没有间或下场豪雨,寒冬就这样黯然消失了。

德克斯特知道北方的春天总有些令人沮丧的地方,正如秋天总会有些让人心旷神怡的东西。秋天一到,他便攥紧拳头,浑身发抖,口中不断自言自语那几句傻里傻气的话,有时还会突然举臂,干脆利落地挥着,像指挥官一样向想象中的观众和千军万马发号施令。十月让他满怀希望,而十一月则使他得意得如痴如醉。沉浸在这种情绪之中,夏天在雪利岛上那稍纵即逝的美好印象潮涌般地进入脑际。他成了高尔夫比赛的冠军,在一场精彩无比的比赛中击败了特·埃·海德里克先生,这场比赛在他恣意驰骋的想象中不知演出了多少次。他不厌其烦地对比赛中的每个细节做出变动。有的时候,他不费吹灰之力,便取得了胜利。有的时候则是后来居上,逆转取胜。再者,他像莫蒂默·琼斯先生那样,从一辆"皮尔斯箭头"高档轿车中走出来,摆出一副矜持漠然的神态迈着大步跨进雪利岛高尔夫俱乐部的休息室。或者,他被一大群粉丝围住,从俱乐部木排上的跳板上纵身一跃,给他们表演花样跳水,而莫蒂默·琼斯先生就在这些看得目瞪口呆的观众之中。

有一天,发生了这样一件事:他遇见琼斯先生 —— 实实在在是琼斯先生本人,而非头脑中的影子,竟然眼中饱含泪花走到德克斯特面前，对他说他是俱乐部里最优秀的球童，问他要是琼斯先生不亏待他，给予优厚的报酬，是否可以决定留下来，不辞去工作，因为在俱乐部里其他的球童，通常他打进一个洞，就要损失一个球，几乎每次都是如此。

"不，先生，"德克斯特干脆地回答，"我不想再当球童了。"然后，停顿了一下，又说，"我年纪太大了。"

"你还没到十四岁哪！你到底为什么恰好在今天上午决定辞掉工作呢？你不是承诺下个礼拜跟我一起去参加州里的锦标赛吗？"

"我考虑定了，觉得我年纪实在太大了。"

德克斯特交还了他的"甲级"球童的标志牌，从球童领班那里结清了账，取回他该拿的工资，走回到黑熊村家里。

"我见到过的最棒的……球童，"莫蒂默·琼斯先生那天下午在喝酒时大声嚷嚷，"从不丢失一个球！勤快，机灵！不多嘴！老老实实！懂得好歹！"

这事全归因于一个十一岁的小姑娘。她是那种小时候看上去不怎么漂亮的丫头，但过不了几年将注定出落成一个美人儿，让许多男人垂涎三尺，苦恼不堪。不过，这个美人坯子却早就可以看得出来。她莞尔一笑时，嘴角往下一沉，有一种叫人魂不守舍的魅力——上帝啊！她眼睛里有一种近乎激情四射的品性，有一种这样的女人早早萌发的活力。现在这一切已经充分显露出来，透过她单薄的身躯艳光四射。

她九点钟时便迫不及待地来到高尔夫球场，陪她来的是一个身穿白色亚麻布衣服的保姆,背着一只白色的帆布袋,里面装着五支新的高尔夫小球杆。德克斯特第一次见到她时,她站在球童房边上,有点紧张,为了掩饰她这种局促不安的心情,她就跟保姆搭讪,东拉西扯,显然很不自然,还时不时地做几个鬼脸。

"我说,今天天气真好,希尔达。"德克斯特听她这么说。她嘴角往下一收,微微一笑,偷偷地往四周围瞥了一眼,眼睛转动时,在德克斯特身上停留了一会儿。

随即她又对保姆说:

"嗯,我猜想今儿上午没有太多人上这儿来打球,是吧?"

她又是微微一笑,笑得很灿烂,做作的成分十分明显——然而让人信服,信以为真。

"我不知道咱们该做什么。"保姆说,眼中一片茫然。

"噢,没事,我来安排。"

德克斯特站在那里一动也不动,嘴已微微张开。他知道他往前跨一步他的目光就要落到她的视线里,可要是往后退一步,又看不到她的全部面容了。有一会儿,他没有觉察到她多年幼,现在他记起来一年前曾见到过她几次,当初她还穿着小灯笼裤呢!

突然,他情不自禁地失声发出了一声短促的笑声,连他自己也吃了一惊,快速转身走开去。

"小伙子!"

德克斯特停了下来。

"小伙子——"

分明是叫他的。岂止如此,而且还给了他一个笑脸,那种匪夷所思的笑脸。见到此种笑脸的多数男人半辈子也忘不了。

"小伙子，你知道高尔夫球的教练员去哪儿了？"

"他去上课了。"

"那么你知道球童的领班去哪儿了吗？"

"今儿个上午他还没有来呢。"

"嗯。"这一下她不知如何是好。她站在那儿，重心在两只脚之间不停地倒着。

"我们想请一个球童，"保姆说，"莫蒂默·琼斯太太叫我们出来玩高尔夫球，没有球童帮忙，我们不知道怎么玩。"

保姆讲到这儿，琼斯小姐朝她瞪了一眼，止住了她，不过立即又挂上笑脸。

"这里除了我，没有其他球童，"德克斯特对保姆说，"我得待在这里照看一下，等球童领班回来。"

"哦！"

这时琼斯小姐和跟随她来的保姆退到一边，退到离开德克斯特有一段距离的地方，两人争吵起来，闹到最后，琼斯小姐拿起一根高尔夫球杆，使劲地敲击地面。她进而再次举起球杆，准备朝保姆胸部猛打过去，此时保姆一手抓住球杆，从她手里夺了过来。

"你这个该死的老东西！"琼斯小姐发疯似的叫嚷。

接着她们又争吵起来，德克斯特觉察到这场吵架里的喜剧成分，好几次几乎要笑出声来，但他还是忍住了声音。他无法阻挡自己偏袒地相信，小姑娘要揍保姆是有理的，正当的。

幸亏这时球童的领班回来了，止住了这场风波。保姆立即走上前去。

"琼斯小姐要请一个球童，这位小伙子说他走不开。"

"麦肯纳先生交代我留在这儿，等你来。"德克斯特应声说道。

"好，现在他来了。"琼斯小姐兴冲冲地向球童领班笑了笑。她随即把球杆包放下，迈着细步造作地向第一个发球台走去。

"怎么啦？"球童领班转向德克斯特，"你像木头人那样站在那里干吗？快去拿上那位小姐的球杆包。"

"我今天不想出去干活。"德克斯特说。

"你不想……"

"我不想在这儿干活了。"

做出如此重大的决定，他本人也为之一怔。他是一个受人喜欢的球童，夏天里每月能挣到三十美元，走遍湖区哪里都找不到这样的好差使。但是，他感情上受到了一个强烈的冲击，心烦意乱，需要马上找到一个宣泄的地方。

事情并非如此简单。这种情况未来还会经常出现，德克斯特没有意识到他的一切是听任他冬天的梦摆布的。

二

当然，他的这些冬天的梦，无论其完整性，还是其适合时宜的程度各不相同，可是梦的内容都留了下来。过了好多年之后，正是这些梦劝导德克斯特没有到州立大学的商学院去上学，尽管他父亲当时生意做得很兴旺，愿意担负他的学费，然而他宁可冒得不偿失的危险，跑到东部去上了一所老牌的名校，宁受囊中羞涩之累。但是绝不要有这样的印象，这小子只不过是一个趋炎附势的势利小人而已，尽管他的冬天梦正是从想象过上富人的生活开始的。他要的不是跟那些富丽堂皇的东西和那些荣华富贵的土豪们沾上边，而是他要自己拥有这些富丽堂皇的东西。他时常伸手去攫取最好的东西，却不知道为什么他要它们。有的时候他会遇到生活中无所不在的否定和抑制。这里说的就是他遭遇的一场否定，而不是他发迹的完整故事。

他挣钱了，而且挣得相当之多。大学毕业后，他去到那座来自黑熊湖的有钱主顾们所在的城市。那时他才二十三岁，到那里还不到两年，不过人们就已经开始说："有个小子挺有出息……"在他周围的富家子弟，有的冒着风险贩卖债券，有的冒着风险搞抵押投资，有的死啃二十四大卷的《乔治·华盛顿大学商业教程》，而德克斯特利用他的名校学位借贷到的一千美金以及三寸不烂之舌的口才，与人合伙买下了一家洗衣店。

他刚入伙时，洗衣店很小，但是德克斯特从英格兰人那里学会了一个绝招，能在洗涤高档高尔夫羊毛球袜时让袜子不缩水，这样不到一年时间他便招揽到了那帮穿灯笼裤打球的家伙的生意。他们还认定"设得兰"名牌羊毛衣裤都得送到他的洗衣店清洗，正如他们认定雇用的球童必须能找得到球。不多久，他们把老婆的内衣也送来洗。他在市里不同地区开设了五家分店。他还不到二十七岁已成了这一带洗衣行业最大连锁店的老板了。然后，他把店铺卖了，去纽约发展。不过，这里要讲的故事，发生在他取得人生第一次重大成功之前。

在他二十三岁那年，一个上了年纪名叫哈特的先生，也就是总说"有个小子挺有出息"的那些人中的一位，送给他一张请帖，邀请他到雪利岛高尔夫俱乐部过周末。于是有一天他在签到簿上签下了他的名字。当天下午，他跟哈特先生、桑特伍德先生和特·埃·海德里克先生四人一组打起了高尔夫球。他认为不必提及他曾在这个球场上给哈特先生背过球包，也不必说他闭起眼睛都能指出球场上的每一个坑坑洼洼，但是他还是不由自主地对跟随他们的四个球童都瞧上了几眼，力图从他们身上找到与他当年相似的眼神和姿势，这样来缩小眼前的他和当年的他之间的鸿沟。

这天说来有点怪，一些旧时熟悉的印象蓦然向他袭来，在脑子里急速掠过。一瞬间他感到自己是个闯入者，有点自卑，可下一刹那他又觉得自己要比特·埃·海德里克先生不知优秀多少倍，他既讨人厌嫌，高尔夫球打得又那么烂。

在哈特先生打到第十五洞附近时，他的球打丢了，于是闹出了一桩大事来。正当他们在长草区中搜寻球时，他们身后的小丘后面传来一声清脆的喊声："闪开！"他们便停下找球，急忙转过身来。说时迟，那时快，一只发亮的新球越过小丘飞了过来，正好打在特·埃·海德里克先生的小肚子上。

"老天哪！"海德里克先生叫嚷道，"他们应该把那些疯娘们轰出球场。她们快无法无天了！"

小丘顶上露出一个头来，同时传来一个声音。

"我们从这里穿过去,行吗?"

"你的球打到我的肚子上啦!"海德里克先生怒气冲冲地说。

"是吗?"姑娘说着向他们走了过来,"那真对不起。我是高喊过'闪开!'的。"

她的目光不经意地扫过了每一个人。然后她又扫视着球道,想找到她的球。

"是不是我把球打到长草区里去了?"

很难确定她的这句问话是无意间脱口而出的,还是恶意挖苦的。不过,她的意思就很明白了,因为当她的球友爬过小丘时,她满心喜欢地叫道:

"我在这儿,要不是球打上了什么东西,我这一杆就打到果岭上了。"

她摆好姿势,准备挥五号铁头球杆打一个短球,德克斯特趁此对她仔细打量了一下。她穿一件蓝色的格子连衣裙,领口和肩头都缉了白边,越发衬托出她晒得黝黑的皮肤。她十一岁时那种夸张神态和单薄体态曾使她那双热情洋溢的眼睛和向下的嘴角看起来颇为可笑,可它们这时都已消失得无影无踪。这时的她真美得撩人,扣人心弦。她两颊的红晕犹如绘画上的一般,不是那种鲜艳的深红,而是因为不断涌动的热意而泛起的那种浓淡相宜的红色,似乎随时都会消退不见。这种脸色和她嘴巴的灵动给人一种流动的感觉,充满强烈的生命力和热情奔放的情感。只有她眼神中流露的一丝忧伤稍稍缓冲了她的整个神情。

她不耐烦地挥动她的小球杆,心不在焉地把球击打到果岭另一边的一个沙坑里。她假惺惺地快速一笑，随口说了一声"谢谢"，追赶那个球去了。

他们为了等她先打那一杆球，耽误了不少时间，海德里克先生站在下一个发球台处说道："那个裘迪·琼斯！就该把她打翻在地，狠狠揍她六个月，然后把她送走，嫁给一个老派的骑兵队队长了事。"

"哇，她长得好漂亮！"桑特伍德先生啧啧称赞，他年方三十。

"漂亮？"海德里克先生轻蔑地大声反问，"她看上去总是一副要人上去吻她的样子！那双像母牛似的大眼睛对着城里的每一头小牛犊都要转个遍。"

海德里克先生的这番话，恐怕并非指的是母性的本能。

"好好练习，她高尔夫球会打得不错的。"桑特伍德先生说。

"她架子不行。"海德里克先生煞有其事地说。

"她的身材挺好。"桑特伍德先生说。

"得好好谢谢老天爷，幸亏她打过来的球不是那么急猛。"哈特边说，边向德克斯特眨了眨眼。

下午晚些时候，太阳下去了，天空中的金色霞光快速旋转，掺杂着深浅不同的蓝色和红色。留下西部夏天的夜晚，干燥又骚动。德克斯特在高尔夫球俱乐部的阳台上远眺，观看着被微风吹皱的粼粼水面，在满月的月光下犹如银色的糖蜜。这时月亮似乎把一只手指放到她的嘴唇上，示意肃静，这时万籁俱寂，湖面朦胧，湖水清澈。德克斯特穿上游泳衣，向最远方的一个木排游去，水淋淋地躺在跳板的湿帆布上。

时而一条鱼儿跃出水面,时而一颗星儿突发亮起,湖周围的灯光闪烁不定。从伸出湖面的一块黑沉沉的陆地上,传来弹奏钢琴的声音,弹的是去年夏天的曲子,甚至好几年前夏天的曲子,如《中国人》《卢森堡伯爵》以及《巧克力士兵》等轻歌剧乐曲。琴声掠过开阔的水面传来,十分优美,德克斯特静静地躺在那里聆听。

这时钢琴又奏起了一支五年前流行的曲子,曲调欢快,当时德克斯特还是大学二年级学生。乐曲是在一次舞会上演奏的,不过当初他没有钱去参加舞会,只得站在体育馆外面听。这支乐曲令他陶醉,现在他就带着这种心醉神迷的心情回顾起他以往的经历。他有一种心满意足的感觉,觉得自己春风得意,周围的一切都是那么光明灿烂,这种景象也许他再也不会感受到了。

突然,一个扁平的、灰色的、椭圆形的物体从小岛的黑暗处冲了过来,从它发出的马达声音可以知道是一艘赛艇。船尾翻滚着两道白色的水浪。很快小船就开到了他身边,喷射出来浪花四溅的响声淹没了叮叮咚咚热烈的钢琴声。德克斯特用双臂撑起自己的身子,意识到有一个身影站在船舵那里,两只乌黑的眼睛正越过一汪水面注视着他。然后小艇驶走了,一个大转弯,在湖中间毫无目的地兜了一圈又一圈。接着同样莫名其妙地,一掉头转了出来,向这个木排驶来。

"那儿是谁?"她喊了一声,并关上游艇的马达。此时她离德克斯特很近,所以他可以清楚地看到她穿的游泳衣,那是一件淡红色的连体泳装。

船头撞击了一下木排，使木排猛地往外一侧倾斜，德克斯特不由自主地朝她滚了过去。虽然双方的兴趣不尽相同，但彼此都认出来了。

她问道："你是不是今天下午我们打球时超过的那一伙人中的一个？"

他说他是的。

"哎，你会开游艇吗？要是你会，那么我想叫你开这游艇，我就可以在船后面的冲浪板上滑行了。我叫裘迪·琼斯。"她说话时给他做了一个傻里傻气的怪笑，与其说怪笑，就是把她的嘴角尽量往上翘，实际上并不怪，而是美极了，"我住在那边岛上的一座房子里，里面有个男人正等着我。我看到他的车子开到我家门口，便赶紧开游艇离开，因为谁叫他说我是他的理想型呢。"

一条鱼跳出水面，天空中一颗星闪耀，光彩夺目，湖滨四周的灯光闪烁，德克斯特坐到裘迪·琼斯身旁，听她讲解如何操作这艘游艇。然后，她纵身一跃，跳到水里，姿势婀娜地游到一块漂浮在水里的冲浪板那里。瞧她游泳一点不费眼力，就像看在风中摆动的树枝，或像看海鸥飞翔。她那晒成核桃色的双臂在呈灰暗银白色的涟漪中轻轻摆动，先露出胳膊肘，接着带动前臂一挥，带来一阵水花的溅落声，接着再一奋臂向下划，斩波劈浪向前游去。

他们向湖中前去，德克斯特一回头，冲浪板的头部已经高高地翘起来，女孩正跪在那压得低低的尾部。

"开快!"她喊道,"开足马力!"

他应声把操纵杆往前一推,雪白的浪花顿时向船头打来。等他再回头,看见女孩已经站立在破浪前进的板上,她双臂张开,眼睛仰望着天上的月亮。

"冷死人了!"她嚷嚷道,"你叫什么名字?"

德克斯特告诉了她。

"好吧,明天你上我家来吃晚饭好吗?"

德克斯特的心就像船的飞轮直打转。第二次了,女孩子随便说的一句话让他的生命彻底改弦更辙。

三

次日晚上,在德克斯特等待她下楼来的时候,他跟前来的客人都聚集在色调柔和、环境幽深的夏屋,以及与之相通的阳光走廊里,其中不乏有着早已爱上裘迪·琼斯的男人。他知道他们是何等人物。当初他是第一次跨进大学校门,而他们却是从有名的预科学校里升进来的。他们衣着漂亮,身体健康,皮肤在暑期晒得黝黑,不过,他还是看到自己有一点比他们强,他比他们更有朝气,更强壮。然而,他内心还是希望自己的孩子将来要成为他们那样的人,同时他不得不承认他只是给孩子的日后腾飞提供一块粗糙结实的跳板而已。

等他到了讲究穿着的时候,他知道了谁是全美最好的裁缝,今晚他穿的那套服装就是由全美最好的裁缝师傅制作的。他也养成了他所在那所大学特别具有的那种特殊的矜持风度。这种风度与其他大学的迥然不同。他深知这种与众不同的风度对他的价值，并身体力行。他知道在衣着和举止方面的随意任性，比之谨慎小心要求有更多的自信。但是，他的孩子将来可以在这些方面不拘小节，任性些，可他不能。他母亲原来的姓叫克林斯列契，是波希米亚人，来自农民阶层，一生只会讲几句结结巴巴的英语。她的儿子可得循规蹈矩，小心翼翼才是。

七点钟稍过了一会儿，裘迪·琼斯下楼来了。她穿着一件蓝色的绸子下午装。乍一见他有些失望，她穿得没有更讲究些，而且令他更失望的是，在一番寒暄之后，她径直走到餐具室门口，推开门，对着喊："可以开饭了，玛莎。"他本以为会由一名管家来宣布晚宴开始，还会有餐前开胃酒。但是，在他们两人肩并肩在一张长沙发上坐下互相盯着看时，他的这些想法都被抛之脑后了。

"爸妈今天都不会来。"她若有所思地说。

他记起上次见到她爸的情景，便庆幸她父母今晚不来这里，否则他们也许会要问他是何许人。他出生在基博尔，明尼苏达州的一个镇上，离此地往北有三十多英里。他始终把基博尔看成自己的家乡，而不是黑熊镇。出生在这种乡村小镇里并不怎么不好，只要它们还保持着默默无闻，没有做那些有模有样湖滨景区的游人落脚处就好了。

他们聊到他当初上的大学，在过去两年里，她常去那所大学，还聊起附近的那座城市，雪利岛的许多有钱游客都来自那里。明儿德克斯特就要回到该城，去料理他生意兴旺的洗衣店。

在进餐过程中，她情绪渐渐低沉，这使得德克斯特感到很不自在。她时而用沙哑的嗓音说些孩子气的抱怨话，不管对他或者对鸡肝，甚至毫无来由地微笑起来，这些都使他感到忐忑不安，心神不定。她的微笑并非发自内心的欢快，甚至只算强作欢笑。她那猩红色的嘴角往下一沉，与其说是莞尔而笑，还不如说是在招引人亲个嘴。

晚餐结束后，她领着德克斯特走到幽暗的长廊里，有意改变一下气氛。

"要是我因伤心而抽泣一会儿，你不见怪吧？"

"我是不是在烦你？"他反应迅速。

"没有。我喜欢跟你在一起。不过我今天下午过得很糟糕。我有一个要好的男生。可今天下午突然像晴天霹雳一样，他对我说他是一个穷光蛋，身无分文。以前他从未向我透露过一点口风。你说这听起来是不是太俗了？"

"也许他不敢对你说吧。"

"算他是这样吧，"她回答道，"那他一开始就不坦诚呀。你知道，要是我早知道他没钱——说实在的，我爱上过的穷男人一大把，但还是愿意真心实意嫁给他们。但是这一回，我从来没想过他是那样子对我。我对他的兴趣还没强烈到这种程度，能够经受起这个打击。好比有一个女孩子冷静地告诉她的未婚夫，说她是个寡妇。或许他不一定就接受不了寡妇，可——"

"那么我们坦诚一点吧,"她突然打断自己,"开门见山,你说你自己究竟是什么人?"

德克斯特犹豫了一会儿,然后说道:

"我现在是个无名之辈。我的事业主要还得看将来。"

"你穷吗?"

"穷倒是不算穷,"他坦率地说,"跟我同龄人相比,我挣的钱也许在西北地区无人能及得上。我知道这话会让人反感,不过你有话在先,要我实话实说。"

两人沉默了片刻,她笑了,嘴角往下一牵,身子不易察觉地微微摆动了一下,使她身子更贴近他,一双眼睛仰视着他。德克斯特紧张得好似喉咙给什么东西堵住了,他屏住了呼吸,等待那个时刻的到来,体验他们嘴唇经过神秘的结合将会产生什么样的化合反应。不一会儿他就体验到了,她用狂热的舌吻向他输送激情,但她的热吻并不是给予千金一诺,而是一种宣泄。她的热吻没有激起他要求持续此种情意的渴求,而是犹如饱食之后,还想继续大快朵颐……这种吻就像有的慈善家一样,有求必应,毫无节制地制造需求,滥发施舍。

没有用几个小时,德克斯特就明了了,自从他还是一个骄傲而有志向的少年开始,他渴望赢得的就是她——裘迪·琼斯。

四

故事就这样开始,并紧张热烈地往下发展,尽管情节有起有伏，但始终保持这样一种基调直至结局。德克斯特把自己的一部分乖乖地交付给了她，她是他接触过的人中最直言不讳和肆无忌惮的一个人。裘迪心里想要什么，她便使出浑身解数，用自己的魅力施加压力去追逐。她根本不讲究什么方法，不玩弄什么手段，也不考虑什么后果，她很少使用脑子，思考一下她的恋爱对象。她只知道要男人最大限度意识到她的身材姿色。德克斯特也没有想要改变她。她的那些缺点都跟她灼热的活力交织在一起，变得无足轻重。

在那第一个晚上，裘迪把头靠在他的肩上，低声说道："我不知道怎么回事，昨天夜里我觉得我爱上了一个男人，今晚我却发觉我爱上了你……"他乍一听感到非常美妙，非常浪漫。强烈的兴奋之情顿时席卷了他。然而一个星期之后，他不得不从另外的角度来审视这件事。一天晚上她开了她的跑车，把他带去参加一个野餐会，吃完饭却发现她开着同一辆跑车跟另一个男人一起消失了。德克斯特感到极为恼火，差一点对其他在场的人失礼。后来她一再信誓旦旦地对他说她没有亲吻那个男人，但他知道她是在撒谎。不过，他想到她至少还特意来对自己撒个谎，他也心满意足了。

在夏天结束之前，他发现他自己只是在她石榴裙边转的十来个男人中的一个而已。每一个人都在一段时间里受到她的特别宠爱。他们中的一半人仍然沉迷在她不时给予的柔情之中。一旦有人表现出因长期受冷落而怏怏不快要离去时，她就给予他短暂的一段甜蜜时光，促使他继续跟她缠绵一年半载。裘迪对这批无力自卫的家伙发动袭击,作践他们倒并没有什么恶意,事实上她也没有意识到她的所作所为是在作弄他们。

凡有新人登台,其他人都一律下台,原先的约会全部自动取消。

一切企图做些什么来挽救的努力都是徒劳无功的,因为她是一个"我行我素"的人。这个姑娘在情场周旋中可不是好"赢得"的。她既对付得了狡猾的伎俩,也对付得了温情的诱惑;如果谁要是对她实施强攻,她会立即用她的肉体来解决问题;在她那曼妙身躯的魅力下,无论是身强力壮的还是头脑灵活的都被玩弄在她的股掌之中。她以满足自己的欲望或者施展姿色魅力来取悦自己。也许正是青春年华的丰富恋爱经历和跟许多情人的交集,让她自卫般地学会了从中获得养分来哺育和滋养自己。

德克斯特最初的兴奋过去之后,随之而来的是焦虑不安和心灰意懒。他对她一往情深,痴迷得难以自拔,犹如吸食鸦片,对他毫无补益。所幸的是那个冬天这种销魂的时刻并不常有,所以对他的工作影响不大。在他们相识之初,有一度他们之间的爱慕之情还是深切的、相互的、发自内心的。举例来说,第一年的八月,有三天他俩天天待在一起,从下午晚些时候开始,经过漫长的黄昏直至深夜,在幽暗的阳台上,在花园廊棚的凹室里,还有在攀藤植物的藤架后,他们相拥接吻,一种离奇的、病态的热吻。可是黎明时分,她如梦初醒,显得神采奕奕,在白天明亮的光线下,遇见他时还面露丝丝羞色。那种狂喜的心情简直像是已经订了婚,而对于德克斯特来说,因意识到还未真正订婚而感到更为喜悦无比。就在这三天里他第一次向她求婚，要她嫁给他。她开始说"或许以后吧"，过一会儿打岔说"亲吻我"，再过一会儿，她改口说"我愿意嫁给你"，还说"我多么爱你啊"，可再过一会儿，却什么也不说了。

原来，这三天的欢乐被从纽约来的一个不速之客打断了。九月里，这个客人在她家里待了整整半个月。传言四起，全都是关于客人和裘迪的事，这使得德克斯特十分痛苦。这个客人是某家大信托公司董事长的儿子。不过到了月底，据说裘迪对他表示厌倦了。有一个夜晚举行舞会，她跟本地的一个小帅哥在游艇里待了一晚上，而这个纽约客却在俱乐部里发疯似的找她。裘迪告诉本地的小帅哥，她已经厌烦了那个客人。果然，过了两天，客人走了。人们看到她去车站送他，据说他哭丧着脸，看上去十分沮丧。

夏天随着这则消息结束了。德克斯特时年二十四岁，他发现自己适得其所，越发心想事成。他加入了城里的两家俱乐部，并在其中一家住下。虽然他还不属于不带女伴去舞会的那一群人中的铁杆成员，但只要估计裘迪会出席的舞会，他定会到场。他本来可以随意参加各种社交活动，因为他现在是一个有资质的年轻人，城里的那些父辈们都很看好他。他对裘迪·琼斯表白的痴情也使他的地位更加稳固。然而，他没有在交际场所图谋发展的愿望，他看不惯那些在周四周六有舞会必到的男人，也鄙视那些在宴会上硬插在已婚年轻男女中间的家伙。他心里早已盘算去东部的纽约。他想裘迪·琼斯跟他一块儿去。尽管他对她成长的世界已不抱任何幻想，但是他却依然无法摆脱对她本人的渴求。

必须牢记这一点，因为由此才能理解他为她所做的一切。

在他第一次遇到裘迪·琼斯后的十八个月之后，德克斯特与另外一个姑娘订了婚。她的名字叫艾琳·希尔勒，她父亲对德克斯特一直很信赖。艾琳一头浅色头发，甜美端庄，身材微微丰腴。她本来有两个追求她的人，德克斯特正式向她求婚后，她便与他们愉快分手了。

夏天过去了，接着是秋天、冬天和春天，四季轮转了一番，接着又过去了一个夏天和一个秋天。他把生命中的宝贵时光白白贡献给了裘迪·琼斯那两片难以征服的嘴唇。她时而对他兴致勃勃，时而夸奖勉励，时而又恶意作弄或者冷若冰霜，甚至不屑一顾。在这种情况下，她对他百般轻慢或不理不睬，仿佛在因她曾喜欢过他而对他实施报复。她高兴时对他打个招呼，不高兴时便冷脸相待，当面打哈欠，而过一会儿又向他挥手示意，对此他只好眼开眼闭，苦往肚子里吞。她既带给过他狂喜快乐，也让他备受精神痛苦。她给他招来难言的痛苦和无尽的麻烦。她侮辱他，欺侮他，利用他对她的兴趣来玩弄他对工作的热情，而她做的这一切只是为了找乐子。她对他的玩弄摆布可谓无所不用其极，但从不苛责他，从不严厉责备。在他看来，这也许是因为她不想折损她对他表现出的毫不在意，而这种冷漠之情也的确是发自内心的。

秋天来了又去了。他想到他跟裘迪·琼斯的缘分或许也到了尽头。他必须把这个想法深入到心坎里，最后他终于说服了自己，夜里他躺在床上，辗转反侧，反复思考。他回忆她给他带来的烦恼和痛苦，列数她作为妻子有哪些明显的不足之处。然而，他又对自己说他爱她，过了好一会儿，他入睡了。有一个星期，他为了使自己不想到她在电话里传来的沙哑声音，或者在共进午餐时她从对面投射过来的眼光，他拼命工作，工作到很晚，甚至深更半夜还跑到办公室，筹划他未来的事业。

这个星期的末尾，他去参加一个舞会，硬是把她抢过来跳了一曲。跳完舞后他没有邀请她在舞池边上坐一会儿，夸上几句，说她是多么的可爱，也许打从他们相识以来这几乎还是第一遭。她对这一切全不在意，使他很受伤，不过仅此而已。今晚他看到她有一个新男友，他丝毫不妒忌，对此他已习以为常，久经考验了。

他在舞会上待得很晚。他陪艾琳·希尔勒坐了一个小时，跟她谈书，谈音乐。实际上，他对书和音乐知之甚少。但他现在开始可以自己掌握时间了，脑子里便滋生了有点自命不凡的想法，认为年轻有为的他 —— 德克斯特·格林 —— 本该对这些东西知道得更多些。

到了十月，他也年满二十五岁了。次年一月，德克斯特和艾琳订了婚，决定到六月正式宣布，三个月之后举行婚礼。

这年明尼苏达的冬天长得没完没了。快五月了，风才变得柔和些，融化的雪水终于开始流入黑熊湖。在过去的一年多里，德克斯特第一次真正享受到心灵的宁静，裘迪·琼斯去了佛罗里达，后来又去了温泉城，还在哪个地方订了婚，又在哪个地方解约吹了。最初德克斯特铁了心跟她一刀两断时，人们还仍然把他们俩联在一起，向他询问有关她的消息，这使他心里总有些悻悻然。可是后来，在宴会上人们开始把他安排坐在艾琳·希尔勒旁，便没有人向他打听有关裘迪的消息了，反而是他们来告诉他。他不再是发布有关她消息的权威人士了。

五月终于来到了。德克斯特晚上走在街上，夜色中的空气潮湿得似乎在下着毛毛雨。他边走边想，诧异曾几何时，无所作为，多少欢乐狂喜随风而去。回顾去年的五月，心里便涌起裘迪给他留下的种种心酸的回忆，她是多么伤人，却总能被原谅。那是少有的时刻之一，他曾幻想她已渐渐地爱上他。然而他付出了那么多，只换回了如此短暂而微不足道的幸福。他深知艾琳只是挂在他背后的一方幕布，一只在光亮的茶杯间忙碌的手，呼唤儿女的声音……灼热的爱情已一去不复回，魔幻般的夜晚和变化无穷的季节和美妙的时辰也随之消失殆尽，而一双薄薄的嘴唇，向下一沉，渐渐贴上他的嘴唇时那种让他飘飘欲仙的感觉不再有了。这种种情景深深地埋在他心底。他是一个刚强、机灵过人的人，此情此景不会轻易忘却。

五月中旬，正处于向夏天过渡的时期，天气不冷不热。一个晚上他来到艾琳家。他们订婚一事将在一周后宣布，对此无人会感到惊讶。今晚他们打算到大学俱乐部的长沙发上坐坐，待上个把小时观看人家跳舞。跟她在一起总给他一种脚踏实地的感觉，她人缘"极好"，可谓有口皆碑。

他走上她家褐色砂石砌筑住宅的台阶，向里走去。

"艾琳。"他喊了一声。

希尔勒太太从起居室走出来迎接他。

"德克斯特,"她说,"艾琳上楼去了,头痛得像要裂开来一样。她本来想要跟你出去,可我要她去上床休息。"

"没什么要紧事儿,我 ——"

"噢,没事。她明儿上午还会跟你一起去打高尔夫球。德克斯特,今晚你就放她假不陪你了,好吗?"

她的笑容很亲切,她和他彼此印象不错。在向她告辞前,两人在起居室里聊了一会儿。

他在大学俱乐部里有自己的房间,回到那里后,在过道上站了一会儿,观看人家跳舞。他把身子倚靠在门柱上,跟路过的一两个男人点点头,然后禁不住打起哈欠。

"喂,亲爱的。"

在他身旁一个熟悉的声音让他一惊。裘迪·琼斯告别了一个男人,穿过舞厅走了过来。原来是裘迪·琼斯,身材苗条,像一个金光闪闪的搪瓷娃娃:头发上扎了一条金色的带子,衣裙下露出两个金色的鞋尖。在她对他莞尔一笑时,她的花容好似鲜花乍然绽放。一股暖流、一道亮光穿堂入室。他插在西装口袋里的一双手抽搐般地握紧。他顿时万分激动。

"你什么时候回来的?"他随意问了一声。

"过来,我告诉你。"

她说完便转过身走了,他紧随着她。她悄然离去,而今日她回来了,又不期而遇,使他几乎因喜而泣。她似乎涉足魔场,身怀绝技，她的一举一动如那挑逗的乐曲，让他销魂，魂不附体。过去种种不可思议的遭际，一切清新的、让人心跳加快的希望随她的离去而烟消云散，而如今又随着她的回来而复活了。

她在门道口回过身来。

"你这里有车吗？要是你没有，我有。"

"有一辆双门跑车。"

此时，随看金色衣裙的窸窣作响声，她坐进了车子。德克斯特砰的一声关上车门。她坐进过多少车子，这样的，那样的，她背往皮座上一靠，胳膊肘子搁在车门上，摆出一副架势等待开车。若是有腐蚀她的人事物出现——不算她自己——那她一早就被腐蚀了，但此刻只是她的自然流露而已。

他努力克制自己，开动了汽车，重新回到街上。他必须记住，这一切都没有什么。她过去也这样干过，他已经把她置于脑后，就像把一笔坏账从账本中一笔勾销。

车慢慢驶向闹市区，他假装心不在焉的样子，穿过人影寥落的商业区。在电影院门前，恰遇散场，这里那里人们三三两两聚集在一起；在台球厅的门前，也能见到一些青年人，有的垂头丧气，有的得意扬扬。透过酒馆的彩釉玻璃和昏暗的黄色灯光传来阵阵杯盏相碰的叮当声和拍打吧台的声响。

她两眼直盯着他看，十分尴尬的沉默。可是恰恰在这个节骨眼上，他却找不到一句话来打破这种尴尬的局面。他就近转了个弯，曲里拐弯地驶向大学俱乐部。

"你想我吗？"她突然发问。

"大家都想你。"

他思忖她是否知道艾琳·希尔勒。她回来仅仅一天。她离开的时候，他也差不多刚订婚。

"你真会说话哟！"她笑言道，一脸苦相，却并不忧伤。她两眼探究地看着他，而他则全神贯注地盯着仪表盘。

"你比以前更帅了，"她若有所思地说，"德克斯特，你有一双叫人难以忘怀的眼睛。"

他对此可以报以一笑，可他没有笑。这种话只能说给小鲜肉们听。不过他还是为之一怔。

"亲爱的，我现在对什么都厌烦透了。"她管谁都叫"亲爱的"，而且总是叫得嗲声嗲气，带有一种漫不经心而非君莫属的亲切感，"我希望你娶我。"

这样直截了当的表达使他一愣。这时他本该向她坦诚相告，他要跟另外一个姑娘结婚了，可是他却怎么也说不出口。同样，他可以顺势信誓旦旦地对她说他从来没有真爱过她。

"我认为我们两人会合得来，"裘迪接着说，还是用刚才那个声调，"除非，你或许已忘了我，或者爱上了另外的姑娘。"

她显然信心满满。实际上，她的意思是她认为这样的事不可能发生，要是真有那样的事，那也只是一时作兴，玩玩儿戏而已——可能只是为了炫耀。她会原谅他，因为这算不了什么大事，撂到一边完事。

"当然，除了我，你绝不可能爱上别人，"她继续说，"我喜欢你这样爱我。哎，德克斯特，你把我俩去年的事都忘了？"

"没有，我没忘。"

"我也没忘！"

她是真心动了感情呢？还是因为她自己这一阵的演戏忘乎所以了？

"我希望我们能像去年那样。"她说道。

德克斯特逼着自己做了回答："我看我们做不到了。"

"我估计也做不到了……我听说你正在猛追艾琳·希尔勒。"

她说到这个名字时，并没有一丝一毫加重语气，可是德克斯特听到后还是顿时面红耳赤。

"噢，送我回家吧！"裘迪猛然大声说道，"我不想回去跳舞，无聊极了，跟那群毛孩子玩。"

他将车开到了通往住宅区的马路上，就在这时，裘迪暗自哭了起来。他之前从来没见她哭过。

昏暗的街道被照亮了，富人的住宅在他们前后左右显露出来，他把跑车停在一幢白色的大房子的门前，这是莫蒂默·琼斯先生的豪宅，沐浴在温润的月光下，朦朦胧胧，奇妙无比。建筑物的巍峨结实，使他为之一惊。那坚实的围墙、牢固的钢梁，气势磅礴而雄浑，似乎就是要跟他身边娇嫩妩媚的佳人来一个强烈的对比。房屋的宏伟结实更衬托出姑娘的苗条纤弱，仿佛要告诉人们蝴蝶的翅膀只能扇起怎样的一丝微风。

德克斯特坐在那里纹丝不动。可是心乱如麻，十分紧张，生怕他一动，她便会不可抵御地投入他的怀里。她湿润的脸上早已滚下了两颗泪珠，在她的上嘴唇上颤动。

"我比其他人长得都美，"她断断续续地说，"可为什么偏偏得不到幸福？"她眼中的泪水动摇了他坚定的决心。她的嘴角因极度的哀怨慢慢地往下沉去。"德克斯特，要是你心中有我，我愿意嫁给你。我猜想你认为我不值得你爱，但我会为了你变得更加美丽，德克斯特。"

愤怒的、矜持的、激情的、怨恨的、温情脉脉的千言万语在他的嘴边展开了争斗。可是一股情感的巨浪向他袭来，冲走了他残存的一点理智、行事规矩、疑虑和自尊心。说话的这个姑娘是属于他的啊，是他的美人，是他的骄傲。

"进来坐一会儿好吗？"德克斯特听到她猛吸气的声音。

待了片刻。

"好吧，"他的声音在颤动，"我进去一会儿。"

五

说来奇怪，对那天晚上的事，无论在刚过去或者过去了较长一段时间后，德克斯特都没有丝毫后悔之意。放在十年后再来回顾此事，裘迪对他的旧情复燃仅有一个月而已，不过是小事一桩。他在裘迪的进攻下缴械投降，使自己最终陷入更深的痛苦，给艾琳·希尔勒以及待他如亲人一般的两位老人也带来了严重创伤，对这一切他也都不在乎。艾琳·希尔勒悲痛欲绝的模样也不足以在他心灵上留下任何烙印。

德克斯特本性是一个铁石心肠的人。当地百姓对他的行为抱什么态度，他完全不在乎，这倒不是因为他不久就要离开这个城市，而是因为他认为外界对这种情况的看法都是十分肤浅的。他对人们的议论漠不关心。甚至在他看到一切都是徒劳的，他并不拥有回天之力，改变事态，彻底拥有裘迪·琼斯时，他也不会对她怀有怨意。他爱她，他会始终爱她，直至他年老体衰，无力再爱。可是，他是得不到这个姑娘了。这样，他尝尽了只有刚强的人才能忍受的那种深沉的痛苦，就如他曾尝到了极大的快乐一样，只是太短暂了。

裘迪最终结束这段姻缘，是因为她声称不想从艾琳手里"夺走他"（尽管她原先是非他不嫁的），即使是这般虚伪的理由也没有引起他的反感。现在他对什么都不反感，对什么也不感兴趣。

二月，他到了东部，原先打算把他的洗衣店盘出去，在纽约定居。但是，到了三月，美国参战，使他改变了计划。他回到了西部，把他的生意业务移交给了他的合伙人。四月下旬，他第一批进了军官训练营。战争使成千上万个来参军的年轻人从那纠缠不清的感情网罗中解脱出来，获得了某种程度的解放，他也是其中之一。

六

切记，这个故事并非是他的传记，虽然其中不乏偷偷掺和进了不少跟他年轻时的梦想没有什么关系的事。如今我们差不多已经交代完了他的那些事，他的故事也快讲完了。只是有一件事还要在这里叙述一下,那是发生在七年以后的事了。

这事发生在纽约。当时他在那里混得挺不错,可谓得心应手,无往不胜。那年他已经三十二岁了。这七年里他没有正式回过西部,只是战争刚结束时,匆匆去了一下。一天,一个名叫德夫林的人从底特律来到他的办公室见他,商谈生意上的事。恰在此时此地发生了一件事,可以说,由此结束了他生命中这段特殊的故事。

"原来你是中西部人啊!"德夫林怀着一种好奇心无意地说道,"真有趣 —— 我还以为像你这样的人很可能是生在长在华尔街的呢。对了 —— 我在底特律有个最要好的朋友,他的妻子跟你是老乡。他们举行婚礼时,我还担当领引宾客的差使呢。"

德克斯特坐待他往下说,并没有猜到接下来他会说什么。

"他妻子叫裘迪·西姆斯,"德夫林说这个名字时并没有刻意强调,"结婚前叫裘迪·琼斯。"

"不错,我认识她。"他浑身感到木然,很不耐烦。他当然早已听到了裘迪·琼斯结婚的消息。不过,或许是他有意回避,他没有获知更多的消息。

"一个挺好的姑娘,"德夫林若有所思地随口说道,"我真有点为她感到难过。"

"怎么啦?"德克斯特心里突然一紧,想知道个究竟。

"哎,路德·西姆斯脑子注了水。我不是说他虐待妻子,而是他自己酗酒,在外边瞎逛荡。"

"她没有瞎逛荡吧?"

"她没有，在家照料孩子。"

"噢。"

"对他来说她有点太老相了。"德夫林说。

"太老相了？"德克斯特提高嗓子说，"哎呀，老兄，她今年才二十七岁呐。"

他一阵冲动，一心想立即跑到街上去，搭上火车去底特律。他身子不由自主地站立起来。

"我想你很忙，"德夫林赶紧向他致歉，"我没有留神——"

"不，我不忙，"德克斯特镇定了自己，平静地说，"我不忙，没有什么事。你刚才不是说她——二十七岁吗？噢，是我说她才二十七岁。"

"对，是你说的。"德夫林干巴巴地说。

"好吧，你就往下说，往下说。"

"你说什么？"

"说说裘迪·琼斯的事。"

德夫林眼睁睁地望着他，不知所措。

"咳，就那些，我知道的都对你说了。他待她很糟糕。不过他们不会离婚或怎么的。就算是他对她特别凶狠的时候，她也原谅了他。事实上，我一直认为她是爱他的。她刚到底特律那会时，她确实是个挺漂亮的姑娘。"

一个挺漂亮的姑娘！德克斯特觉得用这种话来说她简直太荒唐。

"现在她不再是一个——漂亮的姑娘了？"

"哎，她还行吧。"

"注意听我说，"德克斯特突然坐了下来，并说道，"我倒弄不懂了。你开始说她是个'挺漂亮的姑娘'，现在又改口说她'还行吧'。我不懂你究竟什么意思。——裘迪·琼斯不只是漂亮而已。她是个绝代佳人。哎，我认识她，我认识她。她是个——"

德夫林捧腹大笑。

"我不想跟你吵架，"他说，"我认为裘迪是个挺好的姑娘，我挺喜欢她。我不明白像路德·西姆斯这样的男人怎么会这样发疯似的爱上她，但他就是如此。"然后他补了一句，"大多数女人都像她一样。"

德克斯特两眼凝视着德夫林，脑子里胡思乱想，认为他说这话里一定有什么缘由：是这个人缺乏同情心，还是有什么个人怨恨。

"很多女人就那样蔫萎了，花容玉貌全没了。"德夫林打了个响指，"你一定也见过这种事吧。我可能回忆不起来她在婚礼上那个漂亮的模样，但你知道，打那以后我经常见她。她的一双眼睛仍然是那么好看。"

德克斯特一言不发，闷闷不乐地坐在那里。他生平第一次想要喝得酩酊大醉。他清楚德夫林说了一句话逗得他哈哈大笑，但是他说了什么，为什么逗乐了他，那就说不清了。过一会儿，德夫林走了，他便在长沙发上躺下，透过窗子遥望纽约的天际线，太阳在那里渐渐落下，把高楼大厦沉浸在一片柔和的粉红和金黄色的晚霞中，十分可爱。

他本以为他已经没有什么可失掉的了,他不会再受到伤害了。——可他才明白,就在刚刚,他确实失掉了好些东西,实实在在就仿佛他娶了裘迪·琼斯,又目睹她红颜消尽。

梦想烟消云散。某种东西从他身上被夺走了。在惊恐中,他举起双手用掌心紧紧捂住自己的眼睛,设法绘出一幅图画,湖水拍打着雪利岛,月光照耀下的阳台,高尔夫球场上的格子连衣裙,干燥的阳光,还有她脖子上金黄色的、细柔的汗毛。还有她亲吻他时湿润的嘴唇,她带有忧伤与哀怨的眼神,以及她清晨如新麻布一般的清新风姿。哎,这一切的一切都已不复存在!它们都曾确确实实地存在过,可如今都已消失得无影无踪,无影无踪。

他多少年来第一次流下了眼泪,泪流满面。但这一次,他是在为自己流泪。他顾不上他的外貌,嘴巴、眼睛和颤动的手。他想顾及,但已无能为力,因为他已不再是原先的他,那个他一去不复返了。大门已经关闭,日落西山,美景散尽,只留下那经久不变的钢筋水泥构成的灰色景象。甚至他曾经忍受过的悲伤都留在了他的梦幻之中,留在青春的岁月之中,留在那丰富多彩的生命之中,那个让他的冬之梦大放异彩的世界里。

"很久以前,"他自言自语道,"很久以前,我身上有某种东西,但现在那种东西已经没有了。哎,那种东西没有了,那种东西没有了。我已没有泪水,对什么都不在乎。那种东西一去不复返。"

小宝贝聚会

每当约翰·安德罗斯自感年岁增长，年华渐老时，他便以这样一个想法来自慰：我终究有一个小宝贝，后继有人了。每当听到宝贝女儿啪嗒啪嗒的脚步声，或者通过电话听到她嘟嘟囔囔不知所云的声音，他也就不因为觉得自己事业无成、默默无闻而感到黯然神伤。每天下午三点钟总会发生这么一个情景：他妻子从郊外的家里给他打来电话，他在电话机旁守候着这一刻的到来，那是他一天中最为愉悦的时光之一。

他的身体并不显老，但是他的生命已经历了一系列的奋斗，跋涉了崎岖的山路。如今他已三十八岁了，虽说他在对付疾病和贫困的战斗中赢得了胜利，但他对人生并不抱有更多的奢望。甚至他对小女儿的感情也是有保留的。女儿干扰了他跟妻子灼热的情爱，也因为爱女的原因，他们举家迁往郊区，虽然享受到了新鲜的空气，却带来了没完没了更换佣人的烦恼，以及每天搭乘城际列车来回奔波的困顿。

小伊德一副朝气蓬勃的模样使他兴致盎然。他喜欢把她抱在膝上，细细品赏她散发着乳香气味和长着柔软头发的小脑袋，还有那晨曦晴空般的湛蓝双眸。如此这般爱抚一番之后，约翰心满意足地让保姆把她抱走。可是，十分钟之后，孩子的无穷活力就会惹恼他；孩子打碎了什么东西之后，他更会按捺不住自己，大发脾气。一个星期日的下午，孩子藏了一张黑桃A的牌，死不肯拿出来，搅了他玩桥牌的雅兴，他大发雷霆，结果害得妻子泪流满面。

这样的发作实在是荒唐可笑，约翰事后也觉得很惭愧。发生这样的事是不可避免的。不可能让小伊德整天待在楼上的育儿室里，正如孩子的妈说的，她每日每时在长大，已经变成一个"小大人"了。

她两岁半了，举例说吧，今天下午她就要去参加一个小宝贝们的聚会。成年的那个伊迪丝，孩子的妈，她打电话到约翰的办公室把这事告诉了他。小伊德奶声奶气地叫着："我呀去郁会了"，声音通过话筒直闯入约翰毫无防备的左耳，也让这个消息得到证实。

"亲爱的，你回家时，直接到马基家来，好吗？"孩子的妈接着说，"聚会定会很热闹。我让伊德穿上那件粉红色的新裙子，打扮得漂漂亮亮——"

随着一声尖叫，谈话突然终止，显然是电话机给猛烈一拉掉到地板上了。约翰哈哈一笑，决定赶去搭乘早一班的火车出城。脑子里想象着在旁人家里参加小宝贝聚会的场景，觉得一定很有趣。

"肯定是乱作一团！"他怡然自得地暗想，"十多个妈妈，各人只顾自己的宝贝，其他的一概不问不闻。孩子们乱甩乱扔东西，伸手抓到蛋糕就往小嘴里塞。每一个妈妈在回家时都认为自家的宝贝比其他在场的孩子要优秀一筹。"

他今天心情特好——信心满满，生活中的一切都顺顺利利，比过去的日子更美好。火车到站后他下了车，对一个死缠住他的出租车司机摇摇头，开始踏上一段漫长的山坡路，迎着十二月清冷的暮色，朝家里走去。此时只是下午六点钟，但月亮已经升起，月光傲然照在草地上，上面铺着薄薄一层如糖霜般的白雪。

他边走边深呼吸，肺里吸足了冷空气，他的幸福感随之增长，对这次宝贝聚会的向往也愈来愈强烈。他开始心里思忖小伊德跟她同龄的孩子相比会怎样，她穿的那套粉红色的衣裙会不会太张扬，太老气。他加快了步伐，转眼来到了自己家的门口，见到窗子里那棵已过时令的圣诞树仍灯光闪烁，但他过家门不入，继续前行，聚会是在隔壁邻居马基家举行的。

当他走上砖砌的踏级，按响门铃时，他听到屋子里传来嘻嘻嚷嚷的声音，他庆幸自己没有来得太迟。然后，他仰起头，侧耳倾听——哇，那不是孩子们的声音，声音很大，声调里还夹着火气。他听出至少有三个人的嗓音，其中一个声音特高，又哭又闹仿佛歇斯底里大发作。他立即认出那是他妻子的声音。

"闹出事情来了！"他很快想到。

他推了推门，发现门没有上锁，一推就开了。

聚会是四点半开始的，但是很有心计的伊迪丝·安德罗斯盘算了一下，待其他孩子玩到衣服已被弄得皱巴巴时再进去，那么伊德的新裙子就会显得更光鲜，夺人眼球，所以她策划跟女儿五点钟再去参加聚会。她们母女俩到场时，聚会已经渐入佳境，四个女宝宝和九个男宝宝，个个梳妆打扮得干净利索，家长们都是怀着骄傲和一决高下的心情有备而来的。此时孩子们正伴着留声机播放的音乐翩翩起舞。场上始终只有两三个孩子在跳，但是孩子们不停地跑来跑去，一会儿跑到他们的母亲身边，一会儿又被鼓励着回到场上来跳舞。所以场上还一直维持着这样的局面，没什么变化。

当伊迪丝和她的女儿进来时，音乐暂时被一阵赞美声所淹没，大家赞赏伊德用得最多的一句话是"好可爱啊！"伊德站在那里，羞怯地四处张望，手指拉扯着她粉红色裙子的裙边。没有人亲吻她的脸，因为她还在抵抗力不强的年龄，不过她经过一排妈妈们时，每个人都会拉长声调说一句"好——可——爱——呀！"，拉起她粉色的小手，然后把她递交给下一个人。在受到鼓励和轻柔的推动之下，她渐渐融入到舞会中去，变成聚会上的小红人了。

伊迪丝站在客厅门附近，跟马基太太聊着话，眼睛一直注视着穿粉红裙子的小宝贝。她不怎么瞧得起马基太太，认为她既爱摆谱又俗气，但是约翰·安德罗斯和乔·马基相处得很和谐，每天上午一起乘城际火车上班，这样两个女人表面上竭力维持着和和气气、亲亲热热的样子。她们还常常埋怨对方"怎么不来看看我啊"，或者常常一起商量筹办个什么聚会等等，开头总是说什么"你得快点过来跟我们一起吃饭，我们再一起去看个戏"，不过从来没有兑现过。

"小伊德看起来实在太逗人爱了。"马基太太笑盈盈地说，说时用舌头湿润了一下嘴唇。伊迪丝对她的这个动作特别反感。"长得这么快，我简直都不敢相信了。"

伊迪丝心想她说"小伊德"，话里有话，是不是暗指她的儿子比尔·马基比伊德小几个月，体重却要比伊德重差不多五磅。她接过一杯茶后，同另外两个女士在一只长沙发上坐下，正式投入下午聚会的活动。当然，正式活动离不开谈论孩子最近的进步和调皮捣乱等话题。

一个小时过去了。孩子们跳舞跳腻了，玩起了更刺激的游戏。他们跑进餐厅，围着大餐桌转，还试图打开厨房门，好在由妈妈组成的抢险队及时赶来阻拦。他们给围住后立即一哄而散，接着又冲回餐厅去，再次试着想打开那扇门。妈妈们一个个开始说"玩疯了"，拿出白色的小手绢给孩子擦去额头上的汗水，并设法让孩子安坐在怀里，可是宝贝们竭力要从膝盖上滑下来，嘴里不断吵嚷"放开我，我要下去！"随后再次冲进吸引他们的餐厅。

点心的到来宣告这个阶段的聚会结束，点心是一只插了两支蜡烛的大蛋糕，还有杯装香草冰激凌。比利·马基上来吹灭了蜡烛。他是一个小胖墩，脸上总是笑眯眯，一头红发，双腿微微弯曲。他用大拇指试探性地抹了抹蛋糕上的糖霜。点心分发给各个孩子，他们大口大口地吃起来，秩序井然，相安无事。应该说，整个下午他们表现得相当好。他们都是受到现代教育的孩子，按时吃饭睡觉，所以他们都很懂规矩，脸色红润健康。这样一个太平无事的宝贝聚会在三十年前是不可想象的。

用完点心后客人逐次告辞。伊迪丝焦急地瞧了一下手表，差不多六点钟了，而约翰还没来。她要他看到伊德同其他孩子在一起的情景，看到她怎么端庄，怎么有礼貌，怎么聪明，看到她裙子上只有一小块冰激凌的渍印，而那个渍子还是别人在她背后碰撞了一下从她小下巴上滴下来的。

"你好乖，真是妈妈的心肝宝贝！"她轻轻地对小女儿说，并突然将她拉过来，靠在自己膝盖上，"你知道吗？你是妈妈的心肝宝贝！你是妈妈的心肝宝贝啊！"

伊德放声一笑，突然叫道："汪汪汪，小狗狗！"

"小狗狗？"伊迪丝环顾四周，说道，"没有小狗狗。"

"小狗狗，"伊德又嚷嚷，"我要小狗狗。"

伊迪丝眼睛跟着孩子小手指的地方看去。

"亲亲，那不是小狗狗，是只毛绒熊。"

"熊？"

"是的，那是只毛绒熊，它是比利·马基的。你不要比利·马基的毛绒熊，对吗？"

伊德却偏偏要它。

她挣脱了她妈妈，朝怀里紧抱玩具熊的比利·马基走去。伊德站在旁边，用一种深不可测的目光看着比利·马基。他笑了。

成年的伊迪丝又看了一下表，这次显得有点不耐烦。

聚会进入尾声，客人都快走完了，除了小伊德和比利之外，只有两个小朋友还留在那里，而其中的一个是个调皮鬼，躲在餐桌底下藏起来了，这才没有离开。约翰迟迟不来，这家伙太自私了，只顾自己，表明他对自己的孩子丝毫不感到骄傲。其他孩子的爸爸来了，有六七个呢，他们过来接妻子，还坐上一会儿，观摩一下聚会的情形。

刹那间传来一声嚎叫。小伊德从比利的怀里把毛绒熊用劲抢了过来，在比利企图夺回毛绒熊时，伊德不经意把他推倒在地板上。

"怎么可以，伊德！"她妈妈吆喝道，同时竭力控制住自己不笑出声来。

乔·马基是一个三十五岁身材魁梧的美男子，扶起他的儿子，让他立在自己的脚背上。"你真是个好小子，"他乐呵呵地说，"竟让一个小姑娘打翻在地！真是一个好小子！"

"他的头磕到了没有？"马基太太刚把留下的另一位客人送出门，急急忙忙赶回来。

"没——没——没，"马基大声应答，"他撞着别的了，是不是，比利？他撞着别的了。"

比利正在想方设法要把他心爱的玩具夺回来，早已忘了磕碰。毛绒熊的一条腿悬挂在伊德死抱住熊的胳膊下面，他抓住那条腿死拉硬扯，可惜没有成功。

"不。"伊德强硬地说。

伊德受到刚才多少有些意外的胜利的鼓舞，脾气益发大了，突然把毛绒熊往地上一甩，两手搭在比利的肩上，使劲推他个两脚朝天。

这次他倒地可不像上次那么轻。他的头恰好碰撞在地毯没覆盖的光地板上，发出沉闷的"咚"的一声，他随即倒吸了一口气，发出一声惨叫。

顿时房间里一片大乱。马基先生惊呼一声赶紧奔向儿子，不过还是他妻子抢先一步来到她受伤的宝贝跟前，一手把他抱在怀里。

"哦，比利，"她喊道，"头上撞出那么大一个包！她该打屁股。"

伊迪丝早已跑到女儿身边，一听到这话，紧紧闭住自己的嘴唇。

"你怎么能这样，伊德！"她敷衍了事地轻轻说道，"你这个坏孩子！"

伊德突然把头往后一仰，笑了起来。笑声很响，是凯旋的笑声，其中包含胜利的喜悦，还有挑衅和蔑视。不幸的是，它也是一种富有感染力的笑。在还没意识到形势微妙之时，伊迪丝也笑起来了，还笑出声来，跟她女儿的笑声一样十分清脆，而其含意同出一辙。

然后，她戛然停住了笑。

马基太太的脸因生气涨得通红，马基先生则用一个手指抚摸着儿子的后脑勺，同时蹙紧了眉头，两眼望着她。

"嗯，已经肿起来了。"他带有一丝责备的口气说道，"我去拿止痛消肿药来。"

但是，马基太太已经按捺不住，发火了："我看不出一个孩子受伤了有什么好笑的！"她说话的声音颤得厉害。

与此同时，小伊德一直好奇地看着她妈妈。她发现她自己的笑引出了她妈妈的笑。她很想知道再用一次这招会不会产生同样的效果。于是，她便选择在这个时刻再度头往后一仰，放声大笑。

对她的妈妈来说，这个附加的逗笑插曲对当时一触即发的局面犹如火上浇油。她用手绢捂住自己的嘴，无法抵御地窃笑起来。她的笑并非神经紧张所致，而是以一种特有的方式与自己的女儿同乐，母女一起放声欢笑。

这是一种挑衅——两个人对抗整个世界。

在马基先生冲上楼去卫生间拿药膏的时间里，他妻子怀里抱着还在哭闹的宝贝一边摇晃，一边来来回回走动哄他。

"请回家吧！"她突然脱口而出，"孩子已经伤得很重了，要是你还不知体谅保持安静的话，你还是回家去吧！"

"好吧！"伊迪丝说，火气也升上来了，"我从来没见过这样小题大做的——"

"出去！"马基太太狂叫起来，"门在那边，出去。再也不想在我家里见到你。你，还有你那个小坏蛋。"

其实，伊迪丝此时已牵着女儿的手，快速朝门口走去，但一听到这话，停了下来，转过身去，脸上的肌肉因愤怒而绷得紧紧的。

"你怎么敢这样叫我的女儿！"

马基太太没有理睬她，继续在屋里来回走动，对着自己和比利喃喃私语，声音压得很低，不知所云。

伊迪丝哭了起来。

"我这就走！"她抽泣着说,"我这辈子从没听到有人说话这么粗鲁,这么庸俗。我 —— 对你儿子被推倒在地感到高兴 —— 说白了,他只是个肥肥的 —— 胖傻孩罢了。"

乔·马基此时来到楼梯脚下,恰好听到这句话。

"哎,安德罗斯太太,"他厉声说,"你没看到孩子受伤了吗?你真该控制好你自己。"

"控制好我 —— 我自己！"她结结巴巴高声说,"你还是叫她控制 —— 好自己。我这辈子从来没见过这么庸 —— 庸俗的人。"

"她在侮辱我！"马基太太因气恼脸色铁青,"乔,你听到她说的话没有？我要你把她轰出去,要是她不肯走,就抓住她的肩膀推出去！"

"你敢碰我！"伊迪丝说,"我找到我的大衣,我 —— 我马上就走。"

泪水模糊了她的视线,她朝门廊走了一步。刚巧这时,门开了,约翰·安德罗斯焦急地走了进来。

"约翰！"伊迪丝大声呼叫,急匆匆地向他跑去。

"哎哟,怎么回事？怎么回事？"

"他们 —— 他们要赶我出去！"她号叫着,一跨步扑倒在他身上,"他刚才开始抓我的肩膀,要赶我出去。我要拿我的大衣！"

"那不是事实,"马基急忙分辩道,"没人要赶你出去！"他转向约翰,"没人要赶她出去。"他重复道,"她是 ——"

"你说'赶她出去'是什么意思？"约翰打断了他,"你们究竟在说什么啊？"

"哦，我们走吧！"伊迪丝大声说，"我要离开这里。他们这些人庸俗透了，约翰！"

"听着！"马基的脸阴沉了下来，"你这种话说够了吧。你现在这样子像疯了。"

"他们叫伊德小坏蛋！"

这个下午小伊德第二次不合时宜地表达了自己的感情。大人们的大声喊叫弄得她既困惑又惊恐，不禁失声哭起来了。她的泪水起到了表达她心中受到多大委屈的效果。

"这是什么意思？"约翰脱口而出问道，"你们是不是习惯在自己家里侮辱请来的客人？"

"在我看来是你妻子侮辱了别人家！"马基干脆回答道，"事实上，是你家的小宝贝引发了这场吵闹。"

约翰不屑一顾地哼了一声："你是要追究一个小孩子的责任吗？"他追问，"那不是一个男子汉该干的事儿！"

"别跟他多啰唆，约翰，"伊迪丝强硬地说，"去把我的大衣找来！"

"要是你一定要把脾气发在一个可怜的小孩子身上，"约翰接着气呼呼地说，"你一定是脑子出了毛病了。"

"我一辈子从没听见过这样颠倒是非的话，"马基大声吼道，"要是你老婆能闭上一会儿嘴——"

"等一下！别忘了你是当着一个女人和孩子的面在说话——"

此时对峙的局面意外地中断了一下。伊迪丝在一只椅子上翻寻她的大衣，而马基太太一直在一旁注视着她，一双眼睛里充满热辣辣的火气。突然她把比利放在沙发上，说来也怪，孩子立即停止了哭叫，身子坐得笔直。她便跑去厅里，迅速找到伊迪丝的大衣，二话没说把它交给了她。接着她回到沙发那里，抱起比利，在怀里摇晃起她的宝贝儿子，一双充满热辣辣火气的眼睛再次凝视着伊迪丝。整套动作历时不到半分钟。

"你老婆来这里后就不停地嚷嚷我们是这么庸俗！"马基声嘶力竭地说，"那好，要是我们是那么该死的庸俗，那你们最好离开！再说一句，你们最好马上出去！"

约翰再度发出短促蔑视的一笑。

"你不仅仅是庸俗，而且是一个真相毕露的暴徒——"他回敬道，"恃强凌弱，欺侮无助的妇女和孩子。"他伸手去摸门上球形的把手，把门打开，"走吧，伊迪丝！"

他妻子抱起女儿，走了出去，约翰双眼仍然蔑视地望着马基，随后紧跟妻子走去。

"等一等！"马基往前跨了一步，身子在微微颤抖，太阳穴上的两根粗大的血管顿时充血暴突出来，"难道你以为可以这样一走了事？我会轻易饶过你？"

约翰没说一句话，走出了门，门也没关上。

还在抽泣的伊迪丝早已开始往家走去。约翰目送她走到自己家门口的道上，然后转身望着马基家仍然亮着灯的门廊，看到马基慢慢走下滑溜溜的台阶。他脱去了大衣和帽子，把它们甩到路边的雪地上。接着，他在结冰的路上打了个趔趄后，跨步向前。

第一次交锋之后,他们俩双双滑倒,重重地跌在人行道上。两人刚要起身爬起来,相互又拉扯倒地。他们发现在道旁有一方积着薄雪的地面,那样可更好站住脚。他们向彼此猛冲过去,挥拳狂打,把脚下的积雪挤压成一摊泥浆。

路上空旷无人,除了听见他们短促疲乏的喘气声,以及这个人或那个人滑倒在稀泥上时发出的噗噗声之外,别无声响,他们默默地厮杀。凭着满月的皎洁月光和从敞开的门里透出来的琥珀色灯光,双方可以清晰地看到对方的身影。有好多次他们一起滑倒,然后两个人就滚在草地上乱拳相交起来。

他们在月光下,就这样毫无意义地拼搏了十分钟,十五分钟,二十分钟。在彼此默许的暂停时间里,他们把外衣和马甲都脱了,衬衣被撕烂,撕成布条,湿漉漉地挂在背上。他们都已遍体鳞伤,血迹斑斑,疲惫不堪,以至只有身体靠在一起互相支撑,才能站立住。这种结果,任何一方企图挥拳出击,必然使双方人仰马翻,四脚朝天。

可是,并非筋疲力尽使他们结束了这场恶斗,事实上他们谁都不明白这场斗殴的意义,而这才让他们打个不停。他们停止搏斗是因为他们在地上扭打时听到路上有脚步声传来。他们滚到暗处,在听到渐渐走近的脚步声时,他们挤成一团躺在地上,停止了搏斗,纹丝不动,屏住呼吸,像两个孩子在玩扮演印第安人的游戏,直至脚步声远去。然后,他们摇摇晃晃站起来,你看着我,我看着你,活像两个醉汉。

"要是这事继续这样闹下去,我真是该死!"马基粗声粗气说。

"我也不想再闹下去，"约翰·安德罗斯说，"我已经受够了。"

他们又互相对视，这次他们的目光都有些阴沉，仿佛在怀疑对方是否想再次挑起斗殴。马基的嘴唇破了，吐出一口血，轻轻地咒骂一声，拿起他的外套和马甲，用一种受惊的样子，抖掉上面的雪，好像衣服受了潮是他此时此刻唯一的忧虑。

"要进来洗一下吗？"他突然问道。

"不用了，谢谢。"约翰说，"我该回家了 —— 我老婆一定不放心。"

他也捡起他的外套和马甲，又捡起他的大衣和帽子。吸饱水的衣服往下滴着水珠，这些衣服半个小时前他还正经八百地穿在身上，想想也真是荒诞。

"嗯 —— 晚安！"他迟疑了一下说道。

蓦然间，他们彼此向对方走去，握了握手。这不是一般礼节性的握手：约翰的手臂搂着马基的肩膀，在他的背上轻轻地拍打了好一会儿。

"没有受伤吧。"他支吾道。

"没，你呢？"

"没，没有受伤。"

"那好，"约翰·安德罗斯停顿了一下，"我想那就晚安吧。"

他手臂上挽着衣服，转身一瘸一拐地走去。月光明亮如初，他离开了那方被他们踩得黑乎乎的泥地，穿过横在他们两家房子中间的草地。他能够听到半英里外车站那边传来的七点钟班次火车的车轮声。

"可你一定是发昏了,"伊迪丝抽噎着说,"我原以为你是去把这事了了,握握手完事。所以我就走开了。"

"你要我去把此事了了?"

"当然不是。我再也不想再跟他们交往了。可我以为你一定会那么做的。"他安静地坐在热气腾腾的浴缸里,伊迪丝给他颈部和背部的伤口抹上碘酒。"我去叫医生来,"她固执地说,"你也许受了内伤。"

他摇了摇头:"不可能,"他回答道,"我不想让这事搞得满城风雨,人人皆知。"

"我到现在还不知道这事究竟是怎么发生的。"

"我也不明白,"他阴沉地一笑,"我猜宝贝聚会是相当难办的事。"

"噢,有一件事——"伊迪丝兴致勃勃地说,"我很庆幸明晚我们家里要吃牛排。"

"那为什么?"

"当然是为了给你敷眼睛啦。你知道我差一点儿就买了小牛肉吗?这简直太幸运了,不是吗?"

半个小时后,约翰穿好衣服,只是他的头颈还不方便扣上衣领,他在镜子前试探性地活动了一下四肢。"我想我得把身材锻炼得更棒些。"他若有所思地说,"我一定是老了。"

"你意思说这样你下次就可以打败他?"

"我这次就打败了他,"他郑重其事地说,"至少我们打了个平手,而且不会再有下一次了。你不要再说人家庸俗不庸俗了。你要是遇到麻烦,拿起你的外衣回家就好。明白吗?"

"明白,亲爱的。"她温顺地说,"我那时傻透了,现在可明白了。"

走到外面过道上,他突然在育儿室的门口停了下来。

"她睡着了吗?"

"睡得很香。不过你可以进去瞧一眼,给她说声晚安。"

他们蹑手蹑脚走进去,在床边俯下身子看了看。在清爽幽暗的卧室里,小伊德睡得正酣,面颊红润,一脸健康,粉红色的双手紧握在一起。约翰伸手越过小床的栏杆,轻轻地抚摸了她如丝绸般的柔发。

"她睡着了。"他半信半疑地喃喃低语。

"自然了,这个下午够她受的。"

"安德罗斯夫人,"黑人女佣故意压低的声音从过道里传来,"马基先生和太太在楼下等着要见您。马基先生看上去好惨啊,夫人。他的脸像烤牛肉似的。马基太太看上去快要发疯了。"

"怎么啦,真是有毛病!"伊迪丝大声说,"对他们说我们不在家。不管怎么我不会下楼去。"

"你怎么也得下去。"约翰的声音严厉又坚定。

"你说什么?"

"你现在就得下去。再者,不管那个女人说什么,你要为你今天下午说的话道歉。从此以后,你就可以永远不见她了。"

"哎呀 —— 约翰,我做不到。"

"你得去。记住,让她来这儿,她一定比让你下楼去更不乐意。"

"你去吗?让我一个人去?"

"我会下来的——一会儿就来。"

约翰·安德罗斯等待着,直到她走出去关上门。然后,他把手伸到小床里,抱起他的女儿,连毛毯什么的一起抱了起来。他坐进一张摇椅里,怀里紧搂住小女儿。她动弹了一下,他紧张得屏住呼吸,不过好在她睡得很熟。不一会儿,她便乖乖地躺在他的肘弯里沉睡了。他慢慢地低下他的头,将他的脸颊贴到她光鲜的柔发上。"亲爱的小宝贝,"他低声叨念,"亲爱的小宝贝,亲爱的小宝贝。"

约翰·安德罗斯终于明白那个晚上他为什么如此大打出手了。他现在拥有了值得守护的事物,也将永久地拥有它。他在摇椅里坐了许久,悠然自得地在黑暗中前后摇啊摇。

赦　罪

一

从前有一位神父，他有一双目光阴冷、泪水涔涔的眼睛。在夜深人静时，他常暗自哭泣，流下冰冷的泪水。他啜泣是因为下午天气闷热，漫长难熬，他无法跟主建立完满的神秘联系。有时候，下午四点钟左右时，有一群瑞典姑娘①在他窗边的路上走过，传来沙沙的脚步声，在她们尖厉的笑声中，他发现有一种十分不和谐的东西，他便大声祈祷，祈求暮色快些降临。黄昏时分，说话声和笑声渐渐平静下来，天色也变得灰暗，当他走过罗姆伯格药妆店时，里面亮着黄色的灯光，杯售汽水机上的镀镍龙头闪闪发光。他发觉空气里有一股廉价香皂散发出来的味道，一种浓烈的甜腻味。礼拜六晚上他听完忏悔②回家时必经那里，于是他小

---
① 本篇故事发生在美国北达科他州的一个小城镇里，该镇的早期移民大多来自北欧，丹麦、瑞典等国。
② 忏悔，亦称"告解"。认为是耶稣为赦免教徒在领洗后对"上帝"所犯诸罪，使他们重新获得上帝恩宠而亲自定立的。举行时，由教徒向神父告明对"上帝"所犯的罪过，并表示忏悔；神父对教徒所告诸罪，应守秘密，并指定应如何做补赎而为之赦罪。

心翼翼地走在街道的对面,这样香皂的气味在传到他鼻孔之前已飘向上空,犹如一缕贡香朝夏夜里的月亮冉冉升去。

但是,下午四点的炎热咄咄逼人,难以逃避。从他的窗子极目远眺,他可以看到达科他的麦田,红河谷里满山遍野种满了麦子。麦田煞是难看,在痛苦中他低下头,见到地毯上的那个图案,把他的思绪送进了奇形怪状的迷宫,它们始终向着躲不开的太阳敞开。

一天下午,正当他的头脑昏昏欲睡,像一只老爷钟快要走不动时,他的管家带着一个小男孩来到他的书房。男孩十一岁,名叫鲁道夫·米勒,相貌俊秀,神色紧张。他在一块有阳光的地方坐下,而神父坐在他的一张核桃木的书桌边,装出一副很忙碌的样子,为的是掩盖住他内心感受到的那份释怀,终于有人找上他这个鬼房间了。

此刻,他转过身来,发现自己正凝视着两只在不间断闪动的大眼睛,从中闪耀出蔚蓝色的亮光。有那么一刹那,这双眼睛中的神情让神父感到异常诧异,但他马上看出来访者正处于一种极度的恐惧状态中。

"你的嘴在颤抖。"施瓦茨神父说,声音疲乏无力。

小男孩用手捂住他发抖的嘴。

"你遇到麻烦了吗?"施瓦茨神父问道,并厉声说,"把手从嘴巴上挪开,告诉我怎么回事。"

男孩不情愿地把手从嘴上挪开,开始用沮丧的口气低声说话。这时施瓦茨神父认出他是教区里信徒米勒先生的儿子。米勒是一个货运代理人。

"施瓦茨神父 —— 我犯下了大罪。"

"是有违贞洁的罪吗?"

"不是,神父……比这还严重。"

施瓦茨神父为之一怔,身子剧烈地晃动了一下。

"那你杀人了?"

"不是 —— 不过我怕 ——"声音升高成尖锐的呜咽声。

"你要去忏悔?"

小男孩可怜巴巴地摇摇头。施瓦茨神父清了一下嗓子,让他的声音显得温柔些,说些平静和友善的事。在当下,他必须忘掉他自己的痛苦,尽力装得像个上帝模样。他反复念着祈祷词,祈盼上帝会回应他,帮他正确行事。

"告诉我你干了什么事。"他改用轻柔的语气说。

小男孩用他饱含泪花的眼睛瞧了瞧神父。他发现这个心烦意乱的神父,创造了一种可让人道德新生的印象,这使鲁道夫·米勒安心了一些。他尽可能地向眼前这个男人敞开自己,开始讲述他的故事。

"星期六,也就是三天前,我爸他说我得去教堂忏悔,因为我已经一个月没去了,而家里的其他人每个星期都去,唯独我没去。我没放在心上,没当回事。我就这样拖到吃晚饭,因为我一直在跟一帮小朋友在玩耍。我爸问我去忏悔过了没有,我说'没有',他就揪住我的脖子说'你现在就给我去',我说'好吧',所以我就去了教堂。他在我背后大声喊叫,'你不去就别回来'……"

二

"星期六,也就是三天前"

教堂忏悔室的长毛绒幕帘动了动,上面折皱着,一直快下垂到地面,只露出一个老头的旧鞋底。幕帘后面有一个不朽的灵魂单独跟上帝和教区神父阿道夫·施瓦茨在一起。里面传来说话声,有人在吃力地低声细语,只听得出嗞嗞声,显得十分谨小慎微,间或还被神父清晰的提问打断。

鲁道夫·米勒跪在忏悔室旁的长座椅上等候,紧张地竖耳倾听,但还是听不清里面在说些什么。不过神父的声音可以清晰地听到,使他胆战心惊。下一个就轮到他了,在他后面等候的三四个人就可能偷听到他的忏悔,他要承认他违反了第六诫和第九诫。

鲁道夫从来没有犯过通奸淫乱之罪,甚至对邻居的老婆也没有动过邪念,——然而,要忏悔与之相关的一些罪孽也是特别难于启齿的呀。相比之下,他更愿意把一些不那么丢脸的堕落行为说出来——它们构成一道灰色的背景,从而冲淡性侵犯留在他灵魂上的黑色印记。

他一直用双手捂住耳朵,希望其他人能注意到他这个姿势,表示应有礼貌,不听他人的忏悔,从而在他忏悔时仿效他。此时忏悔室里那个忏悔者做出了一个激烈动作,使他大惊失色,吓得他把脸一头扎到胳膊肘弯里。恐惧嬗变成一个具体的东西，堵塞在他的心与肺之间。他必须尽全力为他的罪孽忏悔，不是因为他害怕了，而是因为他冒犯了上帝。他必须要使上帝信服他的忏悔是虔诚的，为了达到此目的他必须首先要使自己信服。在经历了一番激烈的感情挣扎之后，他终于取得了一点微弱的自我怜悯之心，然后他确定他已做好了准备。假如他不允许其他的思想进入他的头脑，并在他走进那个像竖立着的巨大棺材一样的忏悔室之前，始终保持这种精神状态，那么他也就能逃过他信仰上的另一次危机。

可是，有一段时间，一个恶魔般的念头部分地占据了他的头脑。在轮到他之前，他可以跑回家去，告诉他妈妈他去得太迟了，神父已经走了。不幸的是，这样做会有被人揭穿说谎的危险。另一个办法是说他去忏悔过了。但这就意味他必须避开明天的圣餐①，因为圣餐递给一个灵魂不干净的人，到他嘴里就会变成毒药，人会瘫软无力，从圣坛的栏杆那里滚下去，坠入地狱。

又听到施瓦茨神父的声音。

"为了你的……"

这句话渐渐变成沙哑的嘟囔声，模糊不清，鲁道夫激动地站了起来。他觉得今天下午自己不可能去做忏悔。他不安地犹豫起来。然后从忏悔室里传来一记敲击声，连着嘎吱声，接着是持续

---

① 圣餐，天主教亦称"圣体"。为纪念耶稣受难日而举行的一种仪式。把特制的小面饼和葡萄酒由主礼的神父在弥撒中作为耶稣的肉和血"祝圣"，教徒向神父忏悔后，领圣体。据说教徒领了圣体后，就能和耶稣融为一体，得到天主的恩宠。本文主要涉及忏悔礼和圣餐礼。

的窸窣声。隔板降了下来,幕帘开始抖动。企图逃离的诱惑来得太迟了。

"保佑我,神父,我有罪……我向万能的主,还有您,我的神父,忏悔,我有罪……因为我已经有一个月零三天没有忏悔了……我谴责我自己——我辜负了主的圣名……"

这是微不足道的罪。他的自责自骂无异于虚张声势——说这些倒有点自吹自擂的味道。

"……我有一次对一个老妇人的态度很卑劣。"

一个模糊的影子在格子窗上移动了一下。

"怎么卑劣,我的孩子?"

"老妇人史文生,"鲁道夫讲话时神色大变,由喃喃细语变为眉飞色舞,"我们的棒球打进了她的窗子,她不肯还给我们。我们便一个下午对着她喊叫:'快滚蛋!快滚蛋!'大约到了下午五点,她突然犯病了。他们不得不去请医生。"

"说下去,我的孩子。"

"还有——还有我不相信我是我爸妈的亲生儿子。"

"什么?"对方显然大吃一惊。

"我不相信我是我爸妈的亲生儿子。"

"为什么?"

"噢,只因为骄傲。"忏悔人轻描淡写地说。

"你的意思是说你认为你太优秀了,你爸妈配不上你?"

"是的,神父。"说话的声调没有刚才那么高昂。

"往下说。"

"还有我不听话,还骂我妈。还有在背后说人家坏话。还有我抽烟……"

鲁道夫说完了这些鸡毛蒜皮的过错,渐渐接近那个令他痛苦的罪孽。他的手指紧捏自己的脸,仿佛要把他内心的耻辱从指缝里挤出来。

"还有我说脏话,有下流的念头和欲望。"他说话的声音很低。

"经常吗?"

"我不知道。"

"一个星期一次? 一个星期两次?"

"一个星期两次。"

"你屈服于这些欲望了吗?"

"没有,神父。"

"你有这些念头和欲望时是一个人吗?"

"不,神父。我跟两个男孩和一个女孩在一起。"

"我的孩子,你知道吗? 你应该避开这些罪恶的场合,就像避开罪恶本身一样。邪恶的伙伴把你引向邪恶的欲望,邪恶的欲望引向邪恶的行为。这件事发生的时候你在哪儿?"

"在一个谷仓里,靠近……"

"我不想听到任何人的名字。"神父连忙打断他。

"嗯,是在谷仓上面的阁楼里,一个女孩和 —— 一个小伙在说话 —— 说下流话,我就待在那里。"

"你应该走开 —— 你应该叫那女孩一起走开。"

他应该走开! 他不能告诉施瓦茨神父在他听到他们说的那些

奇妙的话时，他的血液如何在血管里猛烈冲撞，心潮澎湃，以及一种新奇浪漫的亢奋如何征服了他，使他蠢蠢欲动。也许在少年管教所里，在那些愚钝、目光呆滞、无可救药的女孩中可以听到这些话，用这些话燃起她们最强烈的欲火。

"你还有其他的话要对我说吗？"

"我想没有了，神父。"

鲁道夫大大松了一口气。刚才他紧张得汗水从他攥紧的手指间渗出。

"你有没有说谎？"

这个问题使他一怔。像所有说谎成性成癖的人一样，他对真实有一种强烈的敬畏。似乎有种东西指使他做出了快速却伤害自身的回答。

"噢，不，神父，我从不说谎。"

一时间，他像一个平头百姓坐上了王位，自命不凡，扬扬自得。然而，当神父开始低声向他说教时，他意识到在他信誓旦旦否认自己说谎时，犯下了一个重罪——他竟然在忏悔时说了谎。

在听到施瓦茨神父说"现在开始悔罪"时，他便自动地跟在神父后面大声念诵：

"哦，我的主，我虔诚地为对您的冒犯感到悔恨……"

他必须弥补这过失——这是一个糟糕的错误——但是当他的牙齿吐出他祷词的最后几个字时，一声清脆的声音响起，隔板应声落下。

不久后，他走进了暮色之中，从那闷热的教堂走进一个有着开阔的麦田和天空的世界，使他如释重负，但是这种轻松解脱之感却延误了他充分认识他刚才的所作所为。他没有忧心忡忡，反而深深地吸了一口清新的空气，嘴里不停地念念有词："布拉奇福德·萨纳明顿，布拉奇福德·萨纳明顿！"

布拉奇福德·萨纳明顿就是他自己，实际上这个名字来自一首流行歌曲。他变为布拉奇福德·萨纳明顿时，他也随之变得优雅高贵。布拉奇福德·萨纳明顿生活在战无不胜的世界里。当鲁道夫闭上眼睛时，那就意味着布拉奇福德已经牢牢地掌控了他。他走过时，空中便会响起钦羡的低吟声："布拉奇福德·萨纳明顿！布拉奇福德·萨纳明顿来了！"

在他昂首挺胸沿着坑坑洼洼的土路走回家去时，那一阵子他是布拉奇福德。但是当他脚下的土路变成碎石子路，靠近路德维格镇上的主街时，鲁道夫兴高采烈的情绪消失了，头脑冷静起来，他感受到因说谎带来的恐慌。毫无疑问，上帝已经知道了。但是鲁道夫在心中还保留着一个上帝无法进入的角落，用以准备他拿来欺瞒上帝的一些小花招。此刻他躲进了这个小角落，盘算如何才能回避开他胡说八道的后果。

他必须不惜一切回避开明天的圣餐礼。触怒上帝到那种程度，冒的险太大了。他得在早晨假装"不经意"喝了水，因为根据教规，喝了水的当天就不适合受领圣餐了。尽管这个小花招有点拙劣，但是他觉得这一招对他而言是最切实可行的。在他转到罗姆伯格药妆店附近的街角处，看见他老爸的房子时，他决心冒这个险，并专心致志地考虑如何将它付诸实施。

三

鲁道夫的父亲是当地的货运代理人,是跟随第二波德国和爱尔兰的移民潮来到明尼苏达—达科他地区的。从理论上说,在那个时期和地区,精力充沛的年轻人有很多发展机会,但是卡尔·米勒没有能够跟他的上级或者下属建立起一种几乎牢不可破的信誉,而这种信誉在一个等级森严的行业中对于能否取得成功是至关重要的。然而,米勒有点大大咧咧,不够精明,不能经营好基本的人际关系,这个弱点使他猜忌多疑、心神不定,还时不时自生闷气。

他与丰富多彩生活仅有的两个联系是他对天主教的信仰和对美国铁路帝国缔造者詹姆斯·杰·希尔①的神秘崇拜。希尔是米勒心目中的完美偶像,其优秀的品质正是米勒本人所缺乏的——对事物的敏感性、对事物的感知能力,即从吹到面颊上的风就能预感到要下雨的能力。在做决定时,他的脑子比其他人都转得要慢,而且在他一生中从未能得心应手地控制好一件事物的平衡。他那一度精力充沛却疲劳过度的瘦小身躯在希尔巨大的阴影下垂垂老去。二十年来,他就孤单地跟希尔的名字和上帝生活在一起。

星期天早晨六点钟,卡尔·米勒在宁静和清净的卧室中醒来。他跪在床边,祈祷了几分钟,他的头下垂得很低,灰黄色的头发和两撇斑驳的胡须都快碰上枕头。然后,他脱去了睡觉时穿的长

---

① 詹姆斯·杰·希尔(1838—1916),加拿大出生的美国铁路大王和金融家。

睡衣——像他那一代的其他人一样,他一直忍受不了穿那种两件套式的睡衣——给他单薄、皮肤白皙和无毛发的身子穿上羊毛内衣。

他开始刮胡子。此时,另一间卧室里一片寂静,他妻子在那里不安稳地睡着。客厅中用屏风隔开的一个角落里支着一只小床,充当他们儿子的卧室,那里也是一片寂静。床的周围摆满了阿尔杰的图书、他收藏的雪茄烟上的套圈和小三角旗,其中有"康奈尔""哈姆林"和"来自新墨西哥州普韦布洛的问候"等旗帜,它们都已被蛀虫蛀坏了——还有其他一些他的宝贝东西。他就睡在这些东西中间。米勒可以听见屋外啁啾的鸟鸣声和家禽的走动声,还有一种低沉的声音,那是每天六点十五分途经这里开往蒙大拿和远方绿色海岸的火车车轮声。当他手中的毛巾往下滴冷水时,他猛一抬头,他听到楼下厨房里传来鬼鬼祟祟的响声。

他赶紧擦干胡须刀,把垂着的背带拉上肩,竖起耳朵听。有人在厨房里走动,他根据轻微的脚步声做出判断那不是他妻子。他的嘴巴微微张开,快速跑下楼,打开厨房门。

他的儿子站在水槽边,一只手按在还在滴水的水龙头上,另一只手里端着满满的一杯水。孩子的眼睛还带着浓浓的睡意,此时跟父亲的眼睛对视在一起。他的眼神中有一种受惊和怨郁的美感。他光着脚,睡衣的袖子和裤管都卷得高高的。

他们俩面面相觑,纹丝不动地站了一会儿。卡尔·米勒的眉毛往下垂,而他儿子的则往上翘,好像他们要在他们各自极端的感情中寻找到平衡。接着,预兆不祥,老子的八字胡须垂了下来,直至把嘴遮住,他向四周环顾了一下,看看有没有东西被摆弄过。

清晨的阳光把厨房装点得明亮光洁,照在平底锅上,照在平滑的地板和桌子上,像麦田般金光闪闪,洁净鲜亮。厨房是全家的中心,灶具炉火,瓶瓶罐罐像玩具一样高高叠起,热水壶整日在吱吱作响,低吟浅唱。没有东西被挪动过,也没有触碰过——除了那个水龙头,水珠还在滴滴答答连成一线往下流着,划出一道白光流向下面的水槽。

"你在干什么?"

"我口渴极了,所以我下来,弄点——"

"我以为你要去参加圣餐礼。"

儿子的脸上露出一副惊慌失措的样子。

"我把这事全忘了。"

"你喝水了没有?"

"没有——"

此话一出口,鲁道夫知道回答错了,可是注视着他的那双愤怒的混浊眼睛表明:在男孩实施其意愿之前,他已经对事情的真相了如指掌。男孩也意识到他根本就不该下楼来;他原先觉得有必要在水槽旁放一只盛水的杯子作为证据,使事情显得更逼真,现在看来这种实在的想象力反而出卖了他。

"把水倒掉,"父亲下达命令,"杯子里的水!"

鲁道夫绝望地把杯子倒了个身。

"究竟是怎么回事?"米勒生气地追问。

"没有怎么。"

"你昨天去忏悔室了没有?"

"去了。"

"那么你为什么还喝水。"

"我不知道 —— 我忘了。"

"也许你觉得你那么一点点的口渴比你的宗教信仰更重要更该在乎。"

"我忘了。"鲁道夫感到眼睛里的泪水快要夺眶而出了。

"那不是回答。"

"我确实是忘了。"

"你给我小心点!"他父亲始终用一种高亢、固执和质问的口气说话,"要是你这么健忘,连自己的宗教信仰都记不住,那最好要想想办法了。"

鲁道夫说了这么一句话来填补沉默:

"我会好好记住的。"

"你开始是忽视你的宗教信仰,"他父亲高声喊道,煽动起他自己凶狠的情绪,"接着你就会撒谎和偷盗,再下去就进劳教学校了。"

鲁道夫如临深渊,就连这种听了无数遍的威胁也不能让其看起来更加可怖了。他要么现在就把一切都说出来,他知道那样他的肉体免不了要挨一顿毒打,或者要么带着一个不洁的灵魂去参加圣餐礼,领受基督的血和肉,那样就要做好准备承受上帝愤怒的雷击。在两者之间,前者似乎更可怕 —— 与其说他害怕受皮肉之苦,还不如说他害怕暴力背后的野蛮残忍,无能之辈把它用作发泄口。

"放下那杯子，上楼去，穿好衣服！"父亲下令道，"我们到了教堂，去受领圣餐前，你最好跪下，请求上帝宽恕你的粗心大意。"

在他父亲的这道命令的措词中，不经意的强调起到了催化作用，加剧了鲁道夫心中的困窘和惶恐。一种狂野和傲然的愤怒在他心中升起，他气冲冲地把杯子往水槽里一摔。

他父亲发出了一声声嘶力竭的叫声，跳起来向他扑过去。鲁道夫躲闪到一边，撞翻了一张椅子，企图跑到餐桌的另一边。父亲的一只手已抓住了他睡衣的肩部，他发出了一声尖叫。然后，他感到有一个拳头猛击到他脑袋的一侧，并在他的上半身快速地连打了好多拳。在他父亲抓捕他时，他东藏西躲，本能地紧抱住父亲的一只胳膊，一会儿被拽过去，一会儿被提起来，此时他感受到剧烈的疼痛和紧张，他一声不吭，只是偶尔歇斯底里地笑几声。接着，刹那间，他父亲的拳击突然停止。在这个间歇，鲁道夫还是被他父牢牢地控制着，在这期间他们两人身子都在剧烈地颤抖，嘴里说着莫名其妙的话，语无伦次，卡尔·米勒用拉拽和恐吓将儿子拖上了楼。

"去穿好衣服！"

此时的鲁道夫既狂躁不安又淡定冷静。他的头痛得厉害。他父亲的指甲在他脖子上留下了一道长长而浅浅的抓印。在他换衣服时，他边抽泣边颤抖。他意识到他母亲身穿一条长裹裙站在门口，她脸上布满皱纹，在蹙眉凝视时又在脖子到眉宇之间出现了许多新的皱纹。母亲试图在他脖子的伤口上敷用药膏,他粗鲁地躲开了,他鄙视母亲的紧张不安和懦怯。他匆匆地、闷声不响地洗漱了一下,然后跟着他父亲出了家门,沿着马路走向天主教堂。

四

他们默默地走着,互不说话,除了卡尔·米勒跟路过的行人自动打个招呼之外,一路寂静,只有鲁道夫时轻时重的呼吸声搅扰着星期天闷热的空气。

他父亲在教堂门口戛然停下了脚步。

"我坚决要求你最好再去忏悔一次,去告诉施瓦茨神父你的所作所为,请求上帝的宽恕。"

"还有你的大发脾气!"鲁道夫迅速说道。

卡尔·米勒朝他儿子挪了一步,而他儿子小心翼翼地往后退去。

"好的,我去。"

"你会照我说的做吗?"父亲用嘶哑的声音低低吼道。

"好的。"

鲁道夫走进了教堂,这是两天中他第二次走进忏悔室跪下。挡拦的隔板几乎同时升起。

"我忏悔我没有做晨祷。"

"就这个吗?"

"就这个。"

此时他的情绪既伤感又振奋。他再也不能若无其事地把任何虚无的东西看得比自己的心安与尊严更重。他已经逾越了一条看不见的底线,他也意识到他是孤立无援的 —— 意识到这不仅适用于他称自己为布拉奇福德·萨纳明顿的时候,而且也适用于他全部的内心生活。从前,那些"疯狂的"野心和微不足道的羞耻和恐惧都不过是他私人的保留地。在他展示给外人的冠冕堂皇的灵魂宝座前,这些都是不被承认的东西。现在他无意中认识到他的那些私人保留地其实才是他自己 —— 而所有其他的东西都只是装饰的门面和传统的旗帜。环境的压力已经迫使他走上了一条青春期孤独和神秘的道路。

鲁道夫和父亲一起跪在一张长椅子上。弥撒开始了。他笔挺地跪着 —— 当周围的人不注意他时,他就把屁股靠到椅子上去 —— 品味起尖锐和微妙的复仇心态。他身旁的父亲在做祈祷,请求上帝宽恕鲁道夫,同时也请求上帝原谅他的一时冲动,大动肝火。他瞟了一眼他身边的儿子,欣慰地看到他脸上的紧张和狂野的神色已经消失,也不再抽泣。圣礼本身蕴含着上帝的恩典,施恩于我们,抚平其余的一切。弥撒过后也许一切都会变好的。他心底里为鲁道夫感到骄傲,同时他开始正式又真诚地为他自己所做的一切感到遗憾。

做弥撒过程中,通常有传递募捐箱这一活动,对鲁道夫来说那曾是一个严峻的时刻。要是他没有钱投放进募捐箱(经常是这样的情况),他便会感到非常羞惭,低下头,假装没有看见箱子,深怕坐在后排的珍妮·布雷迪注意到他,心生怀疑他家真的穷到这个地步吗。可今天当募捐箱从他的眼睛底下经过时，他冷冷地往里面瞧了一眼，饶有兴趣地注意到里面有很多分币。

然而，当圣餐礼的钟声响起，他身体不由自主地哆嗦起来。上帝完全没有理由不使他的心脏停止跳动。在过去的十二小时里，他犯下了一系列的重罪，而且程度愈来愈严重。现在他将因渎神而罪加一等。

"主啊！您屈尊来到我跟前，我实不敢当。只要您开启尊口，就可拯救我的灵魂……"①

教堂的长椅上出现了窸窸窣窣的声响。去领受圣餐的人们移动着走进过道里。他们低垂头，双手合掌，而更虔诚的信徒则手指尖对着手指尖，形成一个尖顶的形状。卡尔·米勒是后者中的一员。鲁道夫跟着他走到圣坛的护栏那边，跪下去，自动地拿起餐巾放到下巴底下。清彻的钟声响起，神父带着举在圣杯上面洁白的圣体②从圣坛上转身走下来。

"愿我主耶稣的圣体保佑我的灵魂，永生永世！"③

圣餐礼刚开始时，鲁道夫额头上就冒出了冷汗。施瓦茨神父一路走来，鲁道夫的恶心也随之愈来愈加剧，他感到他心脏的跳动在上帝的意志作用下愈来愈弱。他觉得教堂仿佛更阴暗了，一片死寂，只时而被听不清楚的窃窃私语声打破，宣告天地的创造者即将来临。他低下头，把它夹在两个肩膀之间，等待着天打雷击。

---

①③　祷告词，原文为拉丁文。
②　圣餐中用以代表耶稣躯体的面包或圣饼。

接着他感到腰间有人用肘子猛戳了他一下。他父亲敦促他坐端正了，不要斜倚在栏杆上，神父离他只有两个座位的距离了。

"愿我主耶稣的圣体保佑我的灵魂，永生永世！"

鲁道夫张开嘴巴。他觉得舌头上圣饼的味道如同腻腻乎乎的石蜡。他一动不动地待了好久，似乎时间停住了。他仍然仰着头，圣饼在他嘴里一直不肯融化。他再次被他父亲的肘击猛醒过来，看到人们像秋天的落叶一样从圣坛那里散去，低垂着目光走向各自的长椅子，上帝与他们相伴。

鲁道夫却只有他自己相伴，他浑身被汗水湿透了，浸淫在罪恶之中。他走回到他的长椅子时，他的偶蹄①在地板上发出尖锐的响声，他知道这是因为他心中携带着黑色的毒药。

五

"白日之飞箭"②

这个俊美的小男孩有一双蓝宝石般的眼睛，还有如绽放的鲜花之花瓣般的睫毛，他已经向施瓦茨神父忏悔完罪恶——他坐在照进这屋子的那片阳光下已经有半个小时了，此时那片阳光已向里挪了不少。现在鲁道夫已经不再那么惊恐了。一讲述完故事，

---

① 偶蹄原指牛、羊、鹿等反刍动物的蹄足，在西方神话中有时指撒旦。森林之神等的腿脚，作为魔鬼的标志。这里即指鲁道夫的脚，暗喻他已成魔鬼。
② 原文为拉丁文，见《旧约·诗篇》91篇5节，全句为"你必不怕黑夜之惊骇，或白日之飞箭"。

心情也随之宽慰了许多。他知道只要他跟神父一起在这屋子里，上帝是不会让他的心脏停止跳动的，所以他叹了一口气，安静地坐在那里，等待神父开口说话。

施瓦茨神父那双目光阴冷、泪水涔涔的眼睛凝视着地毯上的图案，阳光下显示出上面织有万字饰、平直而不甚繁茂的藤蔓以及毫无生气的花朵。大厅里的时钟嘀嗒嘀嗒走向日落时分。丑陋的房间和窗外午后的景象给人一种窒息的单调感，只有远处时不时传来锤子的击打声在干燥的空气中回荡，打破了这种单调。神父紧绷的神经快要断裂了，他那串玫瑰色的念珠在桌上的绿色台毯上像蛇一样扭动爬行。他想不起来他该说些什么。

在这个被遗忘的以瑞典移民为主的小城里，最令他难以忘却的还是这个小男孩的眼睛——他的眼睛很漂亮，长长的睫毛先往下垂，又向上卷翘着。

沉默持续了许久，鲁道夫一直在等待，神父竭力想记起他要说的话，但那些话离他愈来愈远，时钟在这个破旧的屋子里嘀嗒嘀嗒地走着。这时施瓦茨神父目不转睛地看着小男孩，用一种奇特的声音说道：

"当众人在绝好的地方聚集在一起，一切便会变得光辉灿烂。"

鲁道夫吃了一惊，很快地瞧了瞧神父。

"我说过——"神父这样开口，又停了下来，倾听着，"你听到锤子、时钟和蜜蜂的声音吗？哎，那没有什么。重要的是不管在什么地方，要让众人处于世界的中心。然后——"他有意识地把水汪汪的眼睛睁大,"—— 事情便会变得光辉灿烂。"

"是的,神父。"鲁道夫口头上表示同意,可心里感到有些害怕。

"你长大后想干什么?"

"嗯,我有一阵子想做个棒球运动员,"鲁道夫紧张地回答,"但是过后觉得那没有什么出息,所以我想当个演员或者海军军官。"

神父又盯他一眼。

"我十分明白你的意思。"他说道,带着一副气势汹汹的样子。

鲁道夫并没有什么特别的意思,面对神父的暗示,他感到更紧张不安了。

"这家伙疯了,"他想,"我怕他。他要我想办法帮他一把,但我不想帮他。"

"你看起来好像一切都光辉灿烂,"神父大声吼叫,"你参加过聚会没有?"

"参加过,神父。"

"你有没有注意到聚会上的人们都穿着得很体面?这就是我说的意思。正如你去参加一个聚会,有那么一个短暂的时刻,你发现人人都穿着得很体面。也许有两个姑娘倚门站着,几个男孩则靠在楼梯的栏杆上,四周摆着盛满鲜花的花盆。"

"我参加过许多聚会。"鲁道夫说道,话题的转变使他感到轻松不少。

"当然,"施瓦茨神父得意扬扬地接着说,"我知道你会同意我的看法。但是，我的理论是当一大群人相聚在一个绝好的地方，一切都就会始终光辉灿烂。"

鲁道夫发现自己想到了布拉齐福德·萨纳明顿。

"请听我说！"神父不耐烦地命令道，"不要为上个礼拜六的事担忧操心。背叛宗教信仰意味着要受到最严厉的惩戒，但先决条件是，此人以前对信仰持有绝对的忠诚。你听懂了没有？"

鲁道夫对施瓦茨神父说的那一套一点也没听懂，但是他点点头，而神父也用点头回应他，然后又回到他神秘的思绪中去。

"唉，"他大声说，"他们现在有像星星一样大的灯——你知道那个吗？我听说在巴黎或者什么地方，有一盏灯跟天上的星一样大。许多人有这种灯——那些爱找乐子的人。他们有各色各样你做梦都没有想到的东西。"

"听我讲——"他向鲁道夫走去，但男孩往后退缩，结果施瓦茨神父又走回去，坐到他椅子上，他的眼珠暴突，神情狂热，"你去过游乐场没有？"

"没有，神父。"

"那好，找一个游乐场去看看。"神父随意地挥了挥手，"游乐场就像个集市，只是更加光彩夺目。晚上站到远一点的黑暗处——在黑幽幽的树底下，你会看到一个由灯光组成的大轮子在空中转动，还有一条长长的滑道，小船顺滑道直冲进水中。在某个地方还有一个乐队在演奏，空气中有一股花生的香味——每样东西都闪烁炫目。不过，你可知道它不会使你想起任何东西。它只是像一只彩色的气球悬挂在夜空中——像一盏挂在柱子上的黄色大灯笼。"

施瓦茨神父突然想起了什么，蹙紧了眉头。

"但是不要离它太近，"他警告鲁道夫，"因为如果你离它太近，你只会感到热气、汗水和生活。"

他说的这一切对鲁道夫来说似乎特别奇怪和骇人，因为他是个神父。鲁道夫坐在那里，惊呆了，他那双美丽的眼睛睁得又大又圆，凝视着施瓦茨神父。不过在他的惊恐底下，他感到他自己内心的信念更坚定了。在某个地方有某种难以言喻的美妙东西，它跟上帝毫无关系。他不再认为上帝在为他别出心裁的谎言生气，因为上帝一定理解鲁道夫这样做是为了使忏悔室的事情变得更精彩，是为了通过说出一件既荣耀又令人骄傲的事情来使他承认的那些见不得人的丑陋事情变得没那么不堪。在他确认自己的所作所为圣洁无瑕的一瞬间，一面银色的骑兵三角旗顿时展开，迎风飘扬，还有骑兵皮靴的铿锵声和银色马刺的闪光。那是一队骑兵在一座低矮的绿色山头上等待黎明的到来。太阳使他们身上的胸甲像繁星一样闪闪发亮，仿佛家里那幅画中在色当① 的德国士兵穿的胸甲。

可是此时神父在喃喃自语，说些不知所云又悲伤的话，这让男孩心神不定，很是害怕。恐惧从打开的窗子长驱直入，房间里的气氛骤然变了。施瓦茨神父猛然跪倒在地上，身子往后靠在一张椅子上。

"啊，我的上帝！"他用奇特的声音呼喊，随即瘫倒在地板上。

---

① 法国东北部一城市。1870年曾为普法战争的战场，法军溃败于此。

有一种压抑的人性从神父破旧的衣服里散发出来,与放在角落里剩余食物的馊味混杂在一起。鲁道夫尖叫一声,慌忙跑出了屋子——那个倒地的人一动不动地躺在那里,发出奇怪的声响,脸上又哭又笑,直至后来房间里充斥着咿咿呀呀的婴孩学语声,并响起持续又尖厉的笑声。

窗外,蓝色的热风在麦田上空翻滚,金黄色头发的姑娘沿着田边的小路花枝招展地走着,向在麦田里劳作的小伙子们大呼小喊,既天真烂漫又挑逗人心。没有浆洗过的格子裙下的秀腿诱人,衬衣上的领圈沾着汗水暖气袭人。炎热而活力四射的夏日下午已经持续燃烧了五个小时。再过三个小时夜幕将降临,在这田野边,这些北方的金发女郎和刚从田间下来身材高挑的男青年将舒展地躺在麦田旁,躺在月光下。

孤女蕾丝·马丁－琼斯和威尔士亲王[*]

一

四月的一个早晨，皇后号邮轮缓缓驶进纽约港。邮轮对那些拖船和行驶慢得像乌龟爬行般的渡轮视若无睹，嗤之以鼻，对一艘新型的豪华游艇却挤眉弄眼，而对一艘运载牲口的船还拉起汽笛大声吼叫，吆喝它让道。然后，邮轮停靠在一个私人码头边，像一个体态臃肿的贵妇人拿腔作势地入座，接着踌躇满志地宣布她刚从瑟堡①和南安普顿②开来，搭载了一船当今世界上真正的精英大款。

---

[*] 小说的英文标题为"Rags Martin-Jones and the Pr-nce of W-les"，或许源于英语成语"from rags to riches"，意谓"从赤贫到暴富"，或"从（衣衫褴褛）乞丐到王子"，小说中的女主人公并非是个贫儿，而是在其父亲死后成了孤女，继承了一大笔遗产，一夜暴富。过着骄奢淫逸的生活，穿金戴银，讲究时髦，式样奇特，故在美国二十世纪二十年代，人们讽喻这些时髦服装为"glad rags"，"Rags"成为女主人公的昵称，这里译为"蕾丝"，音似意近。

① 法国西北部一海港城市。
② 英格兰南部一港口城市。

那些被称为世上真正的精英大款们站在甲板上,向在码头上迎接他们的穷亲戚们傻乎乎地挥手致意,这些亲戚前来是想拿到一件小礼品,如一副巴黎的手套什么的。不久一架巨大的舷梯把皇后号与北美大陆连接在一起,邮轮开始将精英大款倾吐出来 —— 他们中有格洛里亚·斯旺森①,来自罗德与泰勒奢侈品百货的两位买手,前来计划放贷的格劳斯泰克国②的财政大臣,以及一位来自非洲的国王,他一直想来这里过冬,此时正因严重晕船而痛苦不堪。

当旅客的人流向码头流动的时候,摄影师们忙得不可开交,来回奔波抢拍镜头。在出现两副担架时,响起了一阵欢呼声。担架上躺着两个来自中西部的人,他们昨天夜里喝得酩酊大醉,烂醉如泥。

甲板渐渐变得空空荡荡,但是在最后一瓶本尼迪克特甜酒搬上了岸后,摄影师们还坚守岗位,不忍离去。负责卸客卸货工作的管理员依然站在舷梯脚下,他先看了下手表,又扫视了一遍甲板,好像还有重要的货物仍在船上。最后从码头上围观的人群里响起拖长的"哇 —— 哇 —— 哇 ——"的声音,那时一群随从开始从另一层甲板上走下船来了。

走在头里的是两个法国女佣,携带着几只紫色的小狗,后面跟着一小队搬运工,他们搬运着鲜花,花团锦簇的花丛挡住了他

---

① 格洛里亚·斯旺森(1899—1983),美国著名女演员。
② 美国流行小说家乔治·麦科奇安(1866—1928)虚构的一个国家,后指富有浪漫色彩的乌托邦。

们的视线，人们也见不到他们的脸容。后面又走来一个女佣，引导着一个目光忧郁、带有法国气质的孤儿。紧跟在她们后面的是邮轮的二副，拉着三条萎靡不振的狼狗，此人和狗都不情不愿的。

停顿了一会儿。船长霍华德·乔治·维齐克拉福特爵士出现在船上的栏杆边，他身边立着一堆看上去像高档银狐皮毛的东西。

原来那是孤女蕾丝·马丁-琼斯，她在欧洲的各国首都游逛了五年之后，终于回到她的祖国！

孤女蕾丝·马丁-琼斯不是一条狗。她一半是姑娘，一半是花朵。在她跟船长霍华德·乔治·维齐克拉福特爵士握手时，她粲然一笑，就好像有人刚对她讲了一个世界上最时髦、最逗人的笑话，那些还未离开码头的人们都纷纷回过头来看她，感到她的微笑在四月的空中震颤。

她慢慢地走下舷梯。她手臂下夹着一顶价格昂贵、样式难以描述的帽子，被压得扁扁的。戴帽的结果是，她那稀稀拉拉像男孩、像囚徒的头发纹丝不乱，并没有在海风中微微摆动或飞扬。她的脸庞容光焕发，像婚礼日上午七点时的模样，只是戴在她孩童般清澈湛蓝眼睛上的一副单片眼镜显得荒诞可笑，很不匹配。她每走几步路，长长的睫毛就会把眼镜碰歪，而她就会哈哈大笑，无奈又快乐的笑，然后就把那副让她显得很高傲的单片眼镜换到另一只眼睛上。

踢哒一声！她那一百零五磅[①]重的身体一踏上浮码头，码头似乎随之晃悠了一下，仿佛被她沉鱼落雁的美丽所震撼。有几个

[①] 约合四十八公斤。

搬运工惊愕得晕了过去。有一条多情的大鲨鱼一路跟随邮轮游来，此时突然拼命纵身跃起，似乎要再看她一眼，然后悻悻然潜回深海中。

她家里没有人来码头迎接她，原因很简单，因她是家中唯一活着的人。1913年她父母跟泰坦尼克号一起下沉，葬身海底，宁死，而不要在世上被离散，天各一方。马丁－琼斯的一笔七千五百万元的遗产留给了这个当时年仅十岁的小姑娘。这样的事常被消费一族称之为"令人惋惜"。

此刻孤女蕾丝·马丁－琼斯（人们全都早已忘了她的真实姓名）被人们从不同角度拍照。她的单片眼镜老是往下掉，她就不停地笑，打哈欠，来回捣鼓眼镜，所以人们没有拍到一张她清楚可意的照片——除了用电影摄像机照的。然而，所有拍摄的这些照片里都包括一个在码头上迎接她的英俊小伙子。他神色紧张，眼中燃烧着近乎疯狂的爱火。他的名字叫约翰·M.切斯特纳德，他早把自己的成功故事写出来登载在了《美国人》杂志上。打从蕾丝像受到夏季月亮影响的潮汐那样来势汹涌地出现以来，他便一往情深地爱上了她。

直到他们走下码头时，蕾丝才真正意识到他的存在，茫然地望着他，就好像从来没有在任何地方见过他。

"蕾丝，"他说，"蕾丝……"

"约翰·M.切斯特纳德？"她问道，一边饶有兴趣地打量着他。

"当然！"他生气地大声说道，"你是不是在假装你不认识我？假装你没有写信要我来这里接你？"

她狂笑起来。一个司机来到她身旁。她撩起她的大衣，露出海蓝色和灰色相间的大格子连衣裙。她像一只被淋湿的鸟那样抖动身子。

"我有好多乱七八糟的事情要讲给你听。"她心不在焉地说。

"我也是，"切斯特纳德急切地说，"蕾丝，我要宣布的第一件事是，从你离开的那一刻起，我无时不刻不在爱你。"

她用一声叹息阻断了他。

"拜托！船上有好几个美国小伙子也这么说。这个话题我听厌了。"

"天哪！"切斯特纳德叫起来，"你的意思是不是说，我对你的爱跟船上那帮子人说的话都是一路货？"

他提高了嗓门。在附近的一些人转过身来倾听。

"嘘！"她警告他，"我不是在表演马戏。如果我在这里期间，你还想让我允许你来见我，你就不要这么胡来。"

但是，约翰·M.切斯特纳德看来无法控制住自己的嗓门。

"你的意思是不是说——"他的嗓门提高了八度，声音颤抖起来，"你忘记了五年前的上一个星期四在这个码头上对我说过的话了吗？"

邮轮上下来的近半数乘客此时正在观看码头上演出的这幕戏，而海关那边也冒出来一些凑热闹的人。

"约翰——"她的不满情绪进一步上升，"如果你再提高嗓门，我将好好安排一下，让你有机会冷静下来。我马上就去里兹大酒店。下午上那儿见我吧！"

"但是，蕾丝！"他压着嗓子抗议道，"听我说，五年前——"

那时，码头上围观的群众看到了奇妙的一幕。一个身穿海蓝和灰色格子裙的漂亮女子，快步向前走了一步，那样她的手可以触碰到在她身前的那个情绪激动的年轻人。他本能地往后退缩，可是一脚踩了个空，在不失风度地反抗了一番之后，优雅地从三十英尺高的码头上掉了下去，扑通一声跌进了哈德逊河。

惊叫声响起，许多人冲到码头边时，恰好看到他的脑袋浮出了水面。他轻松地游起来，作为事故起因的那名女子看到这一切，将身子探出码头，把手放在嘴边做了个话筒状，喊道：

"我四点半在酒店里。"

她兴高采烈地挥了挥手。那位被水吞没的绅士无法回礼。她整了整她的单片眼镜，高傲地向聚集的人群扫视了一下，悠然自得地离开了这个场景。

二

五条狗、三个女佣和那个法国孤儿住进了里兹大酒店里最大的一个套房。蕾丝小姐懒洋洋地跨进一只热气腾腾的浴缸里，空气里飘着芳香植物的气味，令她昏昏欲睡，泡了大半个小时。在那之后，她先后接待了按摩师、美甲师的上门服务，最后来的是一位巴黎理发师，把她的头发修复到跟囚徒头发一般长短。约翰·M. 切斯特纳德在四点钟的时候到了这里，他发现六七个律师、银行家和马丁-琼斯信托基金会的管理人员在客厅里等着。他们从一点半起就一直在那里等候,所以他们都显得相当焦急不安。

一个女佣人对约翰进行了严格的审视,很可能是要确保他身上的衣服彻底干了,然后他立即被引导去跟小姐见面。小姐此时在卧室里,斜躺在一张长长的躺椅上,与她为伴的是放在躺椅一端的二十来个丝绸靠枕。约翰进到卧室时身子有点发僵,向她毕恭毕敬行了个鞠躬礼。

"你看来气色好多了,"她说,一边从靠枕上起身,一边用赞赏的眼光注视着他,"它给你增色了。"

对她的恭维他冷漠地道了声谢谢。

"你该每天早晨下次水。"然后她前言不搭后语地补充道,"我明天就回巴黎去。"

约翰·切斯特纳德惊讶得喘不出气来。

"反正我写信告诉过你我不想待在这儿超过一个星期。"她补了一句。

"可是,蕾丝——"

"我干吗要留在这里?纽约没有一个让我开心的男人。"

"蕾丝,你听我说,难道你不能给我一次机会?你就不能待上个十天八天的,那样就能对我多了解一些?"

"了解你!"她的语气暗示他早已是一本一看就了解的书,"我要的是一个一举一动都带着骑士风度的男人。"

"你的意思是不是要我完全用哑剧的形式来表达自己?"

蕾丝发出了一声表示厌恶的叹息。

"我的意思是你没有任何想象力,"她耐心地解释,"美国人都没有想象力。巴黎是唯一能让有教养的妇女舒畅地呼吸的大城市。"

"你对我毫无兴趣了吗?"

"如果是那样,我不会远渡大西洋来见你。但是我仔细观察了船上的美国人之后,我立即知道我不会嫁给一个美国人。要是嫁给了你,约翰,我会恨你的,跟你在一起的唯一快乐会是从伤你的心中得到的。"

她在靠枕上蜷缩起身子,缩得几乎看不到她人了。

"我把单片眼镜弄丢了。"她解释道。

在那些丝绸靠枕堆里寻找不到后,她发现原来那副调皮的眼镜就挂在她脖子后面。

"我爱谈恋爱,"她接着说,一边把单片眼镜重新戴到她稚气十足的眼睛上,"去年春天在索伦托①,我差点跟印度的一个王公私奔,但是他的皮肤太黑了些,而且我对他众多老婆中的一个特别反感。"

"不要说这些无聊的东西!"约翰大声说道,并双手掩住他的脸。

"放心,我没有嫁给他,"她反驳道,"不过他可以给我许多东西来满足我。他是大英帝国的第三大富豪。再说 —— 你很富裕吗?"

"没有你那么富裕。"

---

① 意大利南部的一个城市。

"就是啦。那么你能给我什么呢？"

"爱情。"

"爱情！"她再次把自己隐藏在一堆靠枕里，"约翰，听我说。生活对于我来说是商场里的一家家光艳夺目、琳琅满目的店铺。在每家店铺前有一个商人站着，搓着双手，嘴里吆喝着：'欢迎大驾光临。本店世上最优。'于是，我走了进去，带着我的钱包，里面装着我的美丽、金钱和青春，准备大肆采购。'你这里卖什么东西？'我问他。他搓着双手说：'呃，小姐，今天我们出售的是完美无瑕的爱情。'有的时候，他根本没有储备这个货品，但是当他发现我有好多钱要花，他便派人去取货。哎，他经常在我离开之前把爱情送给了我 —— 他却一无所获。这就是我给他的一个报复。"

约翰·切斯特纳德沮丧地站起来，往窗口走去。

"你可别跳下去。"蕾丝急忙喊道。

"不会的。"他把烟蒂扔到底下的麦迪逊大街上。

"我不是在针对你，"她的声音变得柔和了一些，"就算你这么迟钝乏味、缺乏想象力，我对你的在乎还是远胜于我口中所能说的。可是这里的生活简直没完没了，从来没有一桩事情能有始有终完成。"

"还是有不少大事发生，"他据理力争，"不是吗？今天在霍博肯就出了一桩高智商的谋杀案，在缅因州发生了一起伪自杀案。还有一个清除不可知论者的提案提交国会 ——"

"我对幽默不感兴趣，"她表示不同意，"但是我对浪漫却有一种近乎挥之不去的偏爱。你看,约翰,上个月我出席一个晚宴,见到同桌有两个人在抛硬币,为施瓦茨堡－莱茵明斯特邦国打赌。在巴黎我还认识一个名字叫布鲁奇达克的人,是他真正发动了那场战争,他还在为后年策划一场新的战争。"

"好吧,为了让你散散心,今晚跟我一起出去走走。"他不由分说地说道。

"去哪儿?"蕾丝轻蔑地追问,"你以为我仍会为在夜总会里喝一瓶甜酒而兴奋不已吗?我宁肯做我自己的美梦。"

"我会带你去这个城市里最刺激神经的地方。"

"会发生什么呢?你得先告诉我会发生什么。"

约翰·切斯特纳德突然深深地吸了一口气,小心翼翼地环顾四周,仿佛他怕有人偷听。

"嗯,给你说实话,"他用一种低沉而忧心忡忡的口气说,"如果事情败露,那么最糟糕的事情就很有可能发生在我身上。"

她坐直了身子,枕头像树叶一样纷纷散落在她周围。

"你是不是想暗示我你生活中还有一些阴暗的东西?"她大声说,声音里带有一丝嘲笑,"你是不是想让我相信这一点?不,约翰,你们这号人只会按部就班、循规蹈矩干活,从苦干中取得乐趣——埋头做事。"

她的嘴犹如一朵娇小而傲慢的玫瑰,说出的这些话,宛如利刺针针扎向约翰。他从椅子上拿起帽子和大衣,捡起他的手杖。

"最后说一遍——你今晚跟不跟我一起出去,看看你要看的东西?"

"看什么呀？看谁呀？这个国家还有什么东西值得一看？"

"嗯，"他改用一种就事论事的口气说话，"就说吧，让你去见一下威尔士亲王。"

"什么？"她从躺椅上一跃而起，"他回到纽约了吗？"

"他今晚会在的。你想见见他吗？"

"我吗？我从来没有见过他。我在好多地方跟他失之交臂。如果能见上他一个小时，我愿少活一年。"她的声音因激动而颤抖。

"他一直在加拿大。他化名来到这里，是来看今天下午那场声势浩大的拳击赛。我碰巧知道他今晚的行踪。"

孤女蕾丝突然发出一声狂喜的呼喊：

"多米尼克！路易莎！杰梅尼！"

三个女佣飞奔而来。房间里的空气顿时震颤起来，充满狂野和惊慌的情绪。

"多米尼克，备车！"蕾丝用法语喊叫，"圣拉斐尔，我的金色裙子，真金鞋跟的金舞鞋。还有大珍珠 —— 所有的珍珠首饰。蛋形钻戒、宝蓝色的绣花袜。杰梅尼 —— 马上去找个美容师来。再为我准备好洗澡水 —— 先放冰水，再放上半浴缸的杏仁沐浴露。多米尼克 —— 去蒂凡尼珠宝店，立即出发，务必赶在商店打烊前到达。为我买一枚胸针、一个挂坠、一顶冠冕，或者随便什么 —— 上面要带温莎王朝的盾徽。"

她急着去解裙子上的纽扣 —— 约翰连忙转身离开，这时裙子已经从她的肩头滑落。

"兰花！"她追着他叫喊，"兰花，代表天作之合！订购四打，我可从中挑四枝。"

那时女佣们像受惊的小鸟在房间里飞来飞去。"香水，圣拉斐尔，打开香水箱，再去拿那件玫瑰色的貂皮大衣，我的钻石吊袜带，还有擦手油！这儿，把这些东西统统都拿走，这个，这个——哎哟！——还有这个！"

约翰·M.切斯特纳德彬彬有礼地关上了门，而那六个受委托的代理人仍在外面的客厅里，怀着疲惫、无奈、认命和绝望等各种不同的心态。

"先生们，"约翰·M.切斯特纳德宣告道，"马丁－琼斯小姐旅途实在太劳累了，恐怕今天下午不能跟你们谈话了。"

三

"这个地方，没有什么特殊的理由，被叫作'天空之洞'。"

孤女蕾丝环顾四周。他们在一个屋顶花园里，四月的夜空清澈开阔，头顶上空的繁星眨着冷眼，而在黑黢黢的西边天际，挂着一轮冰凉的银色月亮。可是他们所在的这个地方却温暖如六月天，对对情侣在磨砂玻璃地板上或就餐或跳舞，对令人寒心的天空全不在意。

"这里怎么这么暖和？"他们走向饭桌时她低声问道。

"是某种新发明，能够阻止暖气的流失。我不知道其中的原理，但我知道即使在隆冬季节他们也能举办这样的露天宴会。"

"威尔士亲王在哪儿?"她急切地问。

约翰看了看周围。

"他还没有到。他大概半小时后才到。"

她深深地叹了口气。

"四年来我第一次如此激动。"

四年 —— 比他爱她的时间少了一年。他心里在想:今晚的她,在这个琥珀色灯光和黑暗夜空下的她,是不是跟当年十六岁时的她一样可爱。当年她是一个任性的可爱姑娘,通宵坐在酒店里,陪伴着第二天即将开赴布雷斯特前线的军官们,这些人过早地在从前那场悲伤和痛苦的战争中丧失了生命的光辉。从她兴奋的眼神到她用真金白银层层包装制作的精美小鞋跟,她看上去就像一艘放置在玻璃瓶子里的工艺品帆船,雕刻得精美无比,令人赞叹不已。她被塑造得如此精巧,如此细致,仿佛一位匠人用其毕生的精力战战兢兢造化了她。约翰·切斯特纳德真想把她放在自己的手掌上,左转右转,细细观赏,观察她的鞋尖和耳垂,或者近距离细细察看她那美睫是用何种神奇的材料制成。

"那人是谁?"她突然指向对面一张桌子前的一个英俊的拉美人。

"那是罗德利哥·米内里诺,电影明星,也是面霜的广告代言人。也许他过一会儿会跳舞的。"

孤女蕾丝立即意识到有提琴声和鼓声,可是音乐声仿佛是从远处传来,伴随着远方的梦幻,越过清澈的夜空飘落在这儿的地板上。

"乐队在另一幢楼的屋顶上，"约翰解释道，"这是一个创新——注意，娱乐节目开始了。"

一个纤细得像根芦苇的黑人姑娘登场了。她突然从一个隐蔽的入口处出来，走入一个强烈得令人头昏眼花的光圈里。她一出现，音乐声便猛然变为狂野的小调。她开始演唱一首节奏强烈、曲调忧伤的歌曲。她的嗓子突然嘶哑了，于是她开始不停地拖长音调，却无所进展，无所希望，犹如一场好梦嬗变成残破不堪的噩梦。她已经无法跟上"杰克爸爸"①了，她歇斯底里似的发出一声又一声单调的哀号，既痛苦绝望又心存不甘。响亮的圆号声声进逼，力图迫使她离开这没完没了的、狂热的节拍，可她只顾听从低沉的鼓声，鼓声将她隔绝人世，置身于一个被遗忘了数千年的、孤独的绝境中。在短笛也无法挽救她之后，她把身体再次伸展为一条棕黑色的细线条，发出一声尖厉凄惨的哀号，随即消失在突如其来的黑暗中。

"如果你住在纽约，就无需有人告诉你她是谁了。"约翰说，此时琥珀色的灯光亮了起来，"下一个节目的演员是西克·B. 史密斯，一个傻里傻气的、唠唠叨叨的喜剧演员——"

他收住话茬。就在灯光渐渐暗下去，第二个节目准备开始时，蕾丝长叹一声，身体在椅子上紧张地往前倾。她的目光定住了，变得像发现了目标的猎犬一般警觉。约翰对此看在眼里，发现她两眼死盯住刚从侧门进来的一伙人，他们在半明半暗的灯光下围着一张桌子坐下。

---

① 美国著名爵士乐队指挥乔治·雷恩（1873—1966）的绰号。

这张桌子被几棵棕榈树遮挡住了，起初蕾丝只能看到三个模糊的人影。后来她又分辨出了第四个人影，他似乎被故意安置在了其他三个人的背后。他长着一张净白的鹅蛋脸，一头光亮的深黄色头发。

"喂，你好！"约翰脱口而出喊道，"那就是亲王。"

她似乎透不出气，说不出话了，咕噜咕噜堵塞在喉咙口。她隐约地感觉到那个喜剧演员正站在投射到舞池的一束白色强光底下，他已经说了好一会儿，笑声涟漪般一波接一波在空气中荡漾。但是她的眼睛仍然一动也不动，目不转睛，仿佛着了魔一般。她看到那一伙人中的一个人弯下身，跟另一个人低声细语。随后是一根火柴闪出了一道微光，在背景中有一支点燃了的香烟在熠熠发光。她不知道她这样静待了多久。然后，某种东西似乎使她的眼睛发生了变化，某个白色的东西，来得十分紧迫，令她迅猛扭过身来，发现自己刚好处在一只微型聚光灯的白色强光下。她意识到从哪个地方有人在跟她说话，还有一阵急促的笑声在头顶上围绕，可是强烈的灯光使她目眩，什么也看不见，她本能地从椅子上起了个半身。

"坐好！"约翰在桌子对面轻声说道，"他每个晚上都要挑出一个人来跟他互动。"

她此时明白过来，原来是那个名叫西克·B. 史密斯的喜剧演员，在对她说话，要跟她争辩——争辩一个似乎所有人都感到趣味无穷的话题，但是传到她耳朵里只是一团乱七八糟的噪音。在灯光刚刚投射到她身上时，她已经使自己的面容镇静下来，现在则露出笑容。那是难得一见泰然自若的神态。她在这份笑容里巧妙地表现出巨大的冷静，安之若素，就好像她根本没有意识到那灯光，没有意识到他正因她的可爱而调笑她 —— 不过她对这个与她丝毫没有干系的他感到挺有趣，也许他的飞镖能成功地投到月球上去呢。她不再是一位"女士"了 —— 假如是一位女士，此刻就会说出或刻薄或同情或愚蠢的话；而孤女此时不再做出别的反应，只关注自己的美丽，旁若无人。她就这样光彩照人地安坐在那里，最后喜剧演员感到十分孤独，一种此前从未有过的孤独。他打了个手势，聚光灯骤然熄灭。这一段插曲到此结束。

这个节目收场了，喜剧演员离开了舞台。远来的音乐声响起，约翰把身体向她倾去。

"非常抱歉。实在没有帮上你什么。你的表现太棒了。"

她对此事付之一笑 —— 接着她突然一惊，因为此时舞台对面的桌子前只坐着两个人了。

"他走掉了！"她焦急地喊叫。

"不用担心 —— 他会回来的。你懂的，他必须十万分地小心，他很可能正跟他的一个侍从在外面等，等灯光暗下来后再进来。"

"他为什么要那么小心呢？"

"因为他此刻不应该在纽约。他为此甚至使用了化名。"

灯光又暗了下来，一个高大的男子随即在黑暗中走了过来，来到他们的桌子旁。

"我可以自我介绍一下吗？"他用一种傲慢的英国腔调快速地对约翰说，"查尔斯·埃斯塔勋爵，马奇班克斯男爵那一伙的。"

他对约翰仔细地瞥了一眼,好像是为了要确保他明白这个名字的意义。

约翰点点头。

"你知我知,你懂的。"

"当然。"

蕾丝在桌子上摸索,找她还没碰过的那杯香槟酒,将满满的一杯酒一口气倒进了她喉咙里。

"马奇班克斯男爵敦请你的同伴在下一支舞曲前来我们这边坐坐。"

两个男人都瞧着蕾丝。间歇了一会儿。

"很好。"她说,并回过头去征询似的望了望约翰。他又点了点头。她站了起来,心在猛跳,穿行在一张张桌子间,绕了屋子半个圈子。随后,这个浑身金光闪闪的苗条身影就融入了那张在昏暗中的桌子。

四

舞曲接近尾声,约翰·切斯特纳德独自一人坐在桌子旁,晃动着漂在他那杯香槟酒上面的泡沫。就在灯光再度亮起前,传来一阵金色衣裙的轻柔窸窣声,孤女满面红光,呼吸急促,回来坐进了她的椅子里。她眼睛里的泪水闪闪发光。

约翰怀着复杂的心情看着她。

"嗯,他说了什么?"

"他默不作声。"

"难道他一言不发？"

她的手拿起香槟酒杯时在颤抖。

"他只是在黑暗中看着我，寒暄了两句，甚至连我的名字也没问。他看上去像他在照片上的样子，只是显得非常厌倦。"

"他今晚离开纽约吗？"

"半小时后。他和他的侍从有一辆车在外面等候，他们希望在天亮前离开边境。"

"你觉得他——迷人吗？"

她迟疑了一下，随后慢慢地点点头。

"大家都这么说。"约翰忧郁地承认，"他们在等你回去吗？"

"我不知道。"她茫然地望了望对面，可是那位显赫的人物又从桌子那里撤到外面的一个隐蔽的地方去了。当她转过身来时，一个完全陌生的年轻人急匆匆地赶过来，他在主要的入口处已经站了一会儿了。他脸色死人般惨白，穿着一身皱巴巴又不合时宜的西服，把他颤抖着的一只手放在约翰·切斯特纳德的肩膀上。

"蒙特！"约翰惊叫一声，他的突然惊起打翻了他的香槟酒，"怎么啦？出什么事啦？"

"他们已经发现我们的行踪，追过来了！"那个年轻人用颤抖的声音说，他环顾四周，"我得单独给你说。"

约翰腾地跳了起来，蕾丝注意到他的脸也一下子变得像他手里的餐巾一样白。他打了个招呼，两人便退到几英尺远的一张没人占的桌子旁坐下。蕾丝好奇地对他们注视了一会，接着她继续察看舞池对面的那张桌子。她会不会再被邀请过去？亲王只是起身，鞠了一躬，走了出去。也许她该继续等待，等他回来，但是，尽管她仍然因为兴奋而精神紧张，但在某种程度上又恢复到孤女蕾丝·马丁－琼斯的原来状态了。她的好奇心得到了满足——任何新的动力一定来自于他。她在思考她方才是否感受到了真正内在的吸引——她尤其想知道他是否已经以明显的方式对她的美丽有所反应。

那个脸色苍白、名叫蒙特的家伙消失了，约翰回到这张桌子来。蕾丝惊讶地发现约翰发生了巨大的变化。他像一个醉汉一样瘫倒在椅子里。

"约翰！你怎么啦？"

他不做回答，而是把手伸向香槟酒瓶，可他的手抖得实在太厉害了，溅出来的酒在他的酒杯周围留下一个黄色的湿圈儿。

"你不舒服吗？"

"蕾丝，"他说，声音哆嗦，"我全完蛋了。"

"你什么意思？"

"我对你说，我全完了。"他勉强苦苦一笑，"一个多小时前对我发出了逮捕令。"

"你干了什么啦？"她逼问道，声音惊慌不安，"为什么下逮捕令？"

灯光暗下去，下一支舞曲开始。他蓦地趴倒在桌子上。

"怎么回事？"她追问到底，神情愈发忧虑不安。她身子往前倾，因为他的回话很难听清楚。

"杀人了？"她感到全身冷如寒冰。

他点点头。她抓住他的双臂，用力摇晃他，想让他坐直，就像一个人抖动身子使外套穿着整齐挺括那样。他被晃得两眼直冒金星。

"真的吗？他们拿到证据了吗？"

他再次像醉汉似的点点头。

"那么你必须马上离开这个国家！约翰，你明白吗？你必须出走，趁他们还没有到这个地方来找你！"

他向入口处扫了一眼，现惊恐状。

"啊，天哪！"蕾丝叫道，"你为什么不想想办法呢？"她的眼睛仓皇地瞧瞧这里瞧瞧那里，突然凝聚不动了。她猛吸了一口气，迟疑片刻，然后凶狠地对着他的耳朵低语。

"如果我来安排，你今晚去不去加拿大？"

"怎么去？"

"我会安排好的 —— 只要你打起精神来。现在跟你说话的是蕾丝，约翰，你懂吗？我要你坐在这里，在我回来之前，你不要动。"

少顷，她在黑暗的掩护下，穿越舞池到了房间的对面。

"马奇班克斯男爵。"她轻声说，身子就站在他的椅子后面。

他招呼她坐下。

"今晚你车子里还能再坐两个人吗？"

一名侍从快速转过身来。

"爵爷的车已经满了。"他说得很干脆。

"事情十分火急。"她的声音在颤抖。

"哟,"亲王犹豫地说,"我不知道该怎么办。"

查尔斯·埃斯塔勋爵看着亲王摇了摇头。

"我认为这样做不可取。这事很棘手,跟我们出来时的安排相违。你知道的,我们一致同意不要有横生枝节。"

亲王紧蹙眉头。

"这不是横生枝节。"他表示不同意。

埃斯塔转向蕾丝率直质问。

"为什么那么紧急?"

孤女迟疑了一下。

"噢——"她顿时脸上泛起红晕,"因为要出逃成婚。"

亲王哈哈一笑。

"那好!"他大声宣布,"事情就定了。埃斯塔只是公事公办。立刻去把他带过来。我们马上离开,怎么样?"

埃斯塔看了一下手表。

"立刻出发!"

蕾丝飞奔而去。她要在灯光亮起之前把这一伙人全撤走。

"快!"她在约翰的耳边嚷道,"我们将越过边境——跟威尔士亲王一起。明天早晨你就平安无事了。"

他抬起头来,用迷离的眼光瞧着她。她匆匆付了账,抓住他的一个手臂,尽可能不引人注目地带他来到另一张桌子边,并简单地把他介绍给大家。亲王与他握了握手,表示致意,侍从们则点头默从,只是难掩他们的不满。

"我们最好这就出发。"埃斯塔说，不耐烦地看了看手表。

他们全都站了起来，接着这伙人同时发出一声惊叫——两个警察和一个红头发的便衣男子出现在大门口。

"我们出去，"埃斯塔压低声音说，一边催促大伙往边门走，"这里马上要发生骚乱。"他断言。又有两个警察堵住了那个出口。他们因无所适从而停顿了一会儿。那个穿便衣的家伙开始仔细地搜查各个桌子上的人。

埃斯塔目光锐利地瞧了瞧蕾丝，然后又瞧了瞧约翰。他已经吓得躲到棕榈树的后面去了。

"那个家伙是不是你们的税务警察？"

"不是，"蕾丝低声说，"要有麻烦了。我们能从这个门出去吗？"

亲王重新坐回到椅子上，显得越来越不耐烦。

"能走的时候告诉我一声。"他对蕾丝莞尔一笑，"就因为你那张逗人喜爱的脸蛋，我们大家都惹上了麻烦。"

此时，灯光突然亮起。那个穿便衣的家伙急速转过身子，跃到舞台的中央。

"谁都不要想离开这个房间！"他大声喊道，"坐下，在棕榈树后面的那伙人！约翰·M.切斯特纳德在这个房间里吗？"

蕾丝不由自主地发出短促的一声喊叫。

"听我说！"那名侦探对站在他身后的那个警察喊道，"去那边看一下那帮奇怪的家伙。你们这帮家伙，举起手来！"

"我的天哪！"埃斯塔低声说，"我们得离开这里！"他转向王子,"这样不行,泰德。你不能在这里让人看到。我来拖住他们,你快回到车上去。"

他向边门跨了一步。

"举起手来,那边那几个!"便衣男子吆喝道,"我说了把手举起来,我是当真的!你们哪一个是切斯特纳德?"

"你疯啦!"埃斯塔喊道,"我们是英国臣民。我们跟这件事毫无关系!"

不知在哪个地方一个妇女尖声大叫,人们向电梯方向蜂拥而去。但很快这个势头被两支自动手枪的枪管挡住了。在蕾丝旁边的一个女孩子突然像死人一样晕倒在地板上,与此同时在另一栋楼屋顶上的乐队开始奏起了音乐。

"把那音乐停了!"那个穿便衣的男人大声吼叫,"再把那帮家伙统统铐起来——快!"

两个警察飞步走向那伙人,同时埃斯塔和其他几名侍从都掏出了左轮手枪,全力掩护着亲王向边门退去。一颗子弹呼啸而过,接着又是一颗,六七个食客掀翻了一张桌子,刀叉和盆盘碗盏散落一地,发出了稀里哗啦的响声。

惊恐状况扩至全屋。先是接连响起三声枪响,然后是一阵扫射。蕾丝看到埃斯塔冷静地对着头顶上的八盏琥珀色的吊灯射击,一股浓烈的灰色烟雾在空气中弥漫。一片大呼小叫,加之从远处传来的爵士乐队的演奏声,交织成一派奇异的音响。

骤然之间,一切归乎平静。屋顶上传来一声尖厉的口哨声,蕾丝透过烟雾看到约翰·切斯特纳德快速向那个穿便衣的人走去,他高举双手摆出一副投降的姿势。此时有人不经意地踩上了一堆盘子，令人毛骨悚然的破碎声随即响起，最后又响起一声惊叫。然后，凝重的寂静笼罩着整个屋子——甚至那个乐队似乎也销声匿迹了。

"一切都结束了！"约翰·切斯特纳德狂野的嗓音响彻夜空，"聚会到此结束。要回家的就可以回家去了！"

依然是一片沉静——蕾丝知道这是惊愕的寂静——抓捕罪犯的紧张场面已经把约翰·切斯特纳德逼疯了。

"了不起的极佳表演，"他大声喊叫，"我要好好感谢每一个人。去找还没有被掀翻的桌子坐下，我将送上香槟酒，开怀畅饮吧，想喝多少都可以。"

蕾丝仿佛突然感到屋顶和满天的星星都在一遍又一遍地旋转。她看到约翰抓住侦探的手，两人亲切地握手，还看见侦探在怪笑，同时把手枪收进了口袋。音乐再次响起，刚才晕过去的那个姑娘随之在房间的一隅跟查尔斯·埃斯塔勋爵跳起了舞。约翰来回走动，拍着人们的后背，谈笑风生，握手谈笑。过后他向着她走来，一路脸上带着孩子般清纯无邪的表情。

"太奇妙了，不是吗？"他大声说。

蕾丝感到一阵晕眩袭来，她把手伸到身后，摸索着想找张椅子支撑。

"怎么回事？"她迷惘地喊道，"我是在做梦吗？"

"当然，不是！你清醒得很呢！这一切都是我编造的。蕾丝，你明白了吗？全都是我为了你编造出来的。是我编造的！其中唯一真实的是我的名字！"

她一下子崩溃了，一头栽倒在他身上，双手紧抓住他的翻领。要不是他及时用双臂将她搂住，她就会顺势倒在地板上。

"香槟酒，快！"他喊道，接着又对站在他身旁的威尔士亲王吆喝道，"你！快把我的车叫来！马丁－琼斯小姐激动得晕过去了。"

五

一幢摩天大厦巍然屹立，经过三十层玻璃窗之后，大楼渐渐变瘦，呈现为一个优美而闪亮的白色圆锥。然后它继续向上突进一百英尺，再次瘦身变成一座高高的椭圆形尖塔。它最后脆弱的尖顶直插云霄。在它最高一层的窗户前，蕾丝·马丁－琼斯站立在凛冽的风中，俯视着大楼下面的城市。

"切斯特纳德先生问你是否现在就去他的私人办公室。"

她挪动她那双细长的美腿，沿着地毯乖乖地走进一间华丽又凉爽的房间，在那里可鸟瞰港口的全景和辽阔的海洋。

约翰·切斯特纳德端坐在他的写字台旁，等待着。蕾丝走向他，用双臂围住他的肩膀。

"你肯定你是真实存在的吗？"她急切地问道，"你完全肯定吗？"

"你来之前仅仅一个星期才给我写信，"他温和地抱怨说，"要不我本可策划一场翻天覆地的大行动。"

"这一切都只是因为我吗?"她问,"你想出这么个完完全全无用却又十分好玩的东西,全都是为了我吗?"

"无用?"他思索了一下,"对的,一开始是这样。到了最后时刻,我请来了一位大宾馆的大人物来到那里,在你坐在另一张桌子旁时,我把整个夜总会的想法卖给了他。"

他瞄了一下手表。

"我还有一件事要做 —— 之后我们就能赶在午餐前办完结婚手续。"他拿起电话,"约翰逊吗? …… 帮我发份电报,一式三份,分送巴黎、柏林和布达佩斯,让那两个用掷硬币的方式来决定施瓦茨堡-莱茵明斯特邦国命运的冒牌公爵立即赶往波兰边境。如果荷兰人不采取行动,就把汇率下降到0.0002。还有,那个白痴的布鲁奇达克又在巴尔干半岛出现了,想要再发动一场战争,让他尽速登船来纽约,要不就把他扔进一所希腊监狱里。"

他挂断电话,转向那位惊讶无比的四海为家者,凝眸一笑。

"下一站是去市政厅①。然后,要是你同意,我们就直奔巴黎。"

"约翰,"她热切地问,"那个威尔士亲王是谁扮演的呢?"

他避而不答,直至他们进到电梯里,电梯一下子猛降了二十层。此时他身子往前倾,拍了拍那个开电梯的小伙子的肩膀。

"不要那么快,塞德里克。这位小姐不习惯从高处直降。"

电梯服务员转过身来,微微一笑。他肤色白皙,鹅蛋脸框在金黄色的头发里。孤女的脸唰的一下变得通红。

---

① 意指去市政厅办理结婚手续。

"他是韦塞克斯人①,"约翰解释说,"至少可以这么说,两人相貌非常相似。皇室成员们行事也未必慎重,而我怀疑塞德里克没准儿是韦尔夫家族旁落的后代。"

孤女从脖子上取下她的单片眼镜,把带子一甩套在塞德里克的头上。

"谢谢你,"她简短地说了一句,"为你使我经历了我生平遇到过的第二大的刺激。"

约翰·切斯特纳德开始搓起了双手,像要推荐什么产品似的。

"小姐,欢迎光临敝店,"他恳请道,"本店是城里最好的商店!"

"嗯,你这里卖什么呢?"

"是这样,小姐,我们今天出售的是完美无瑕的爱情。"

"老板先生,把它包起来吧!"孤女蕾丝·马丁-琼斯高声说,"看来是一笔好买卖。"

---

① 韦塞克斯(Wessex),是由撒克逊人建立的一个盎格鲁-撒克逊王国,现多指英国的多塞克郡。

调 解 人

一

下午五时,里茨大酒店的椭圆形厅里,昏沉肃穆,悠然响起了微妙的旋律 —— 一块、两块方糖放入杯子时发出轻轻的噼啪声,以及闪闪发光的茶具和炼乳罐在递送时与银托盘碰擦响起的低沉声响,交织成了这支旋律。这里有一些人非常珍惜这种琥珀色的黄昏时刻,因为此时住在里茨酒店里的那些淑女贵妇结束了平淡而愉悦的忙碌 —— 留下的是一天中歌舞相伴的悠闲时光。

某个春天的下午,若你朝稍稍高起的马蹄形平台望去,你可能会见到年轻的阿方斯·卡尔太太和查尔斯·亨普尔太太坐在一张双人桌边。穿着正装裙的是亨普尔太太 —— 我说的"正装裙"是指那种非常考究的黑色礼服,上面缀着大大的纽扣,肩上还配有隐隐泛红的披肩,高雅时髦。它是一件长袍,让人有点不甚虔诚地联想到法国主教穿的大袍,据说当初在巴黎和平街时装店制作时就有此意图。卡尔夫人和亨普尔夫人两人的芳龄都是二十三岁。那些忌恨她们的人说她们可实在是养尊处优,把日子打发得优雅奢华。她们两人中随便谁都本可以吩咐一辆高级轿车在酒店门口侍候,但是她们都宁可在四月的黄昏里沿着公园大道漫步走回家。

露拉·亨普尔身材高挑,长着一头淡黄色的头发,那种头发本该是英国乡村姑娘之中常见的,但现在也不多见了。她的皮肤光滑滋润,完全无需涂抹任何化妆品,不过当时是1920年,所以她背离旧时的做法,施上玫瑰色的脂粉,涂上口红,修整眉毛——可其效果适得其反。这当然是从1925年时的观点来说的。在那些日子里,她做出的效果却是顺乎潮流,适得其时。

"我结婚已三年了,"她说这话时,将一支香烟塞进了一只挤干的柠檬里,把烟掐灭,"明天小孩满两岁了。我得记住去给他——"

她从盒子里取出一支金色的铅笔,在一个象牙色的记事簿上写了"生日蜡烛"和"逗孩子的小玩具、纸帽子"。然后,她抬起头,瞧了一下卡尔太太,迟疑了一会儿。

"我要跟你说些你意想不到的事,行吗?"

"说吧。"卡尔欣喜地说。

"我现在甚至连对我自己的孩子都感到厌烦。这听起来很不正常,伊德,但这是真的。他没有充实我的生活。我全身心地爱他,但是,如果要我伴护他一个下午,我就会神经紧张得要尖叫起来。两个小时后我便开始祈求保姆快快进门来。"

在露拉做完这番告白时,她的呼吸加快了,两眼紧盯着她的朋友。她丝毫不觉得有什么不正常。事实就是如此,其中不可能有什么邪恶的东西。

"也许是你不爱查尔斯的缘故。"卡尔大胆地提出自己的看法,一派无动于衷的神态。

"不对,我是爱他的! 我希望我刚才说的话没有给你留下那个印象。"她心里得出伊德·卡尔脑子有毛病的结论,"正因为我爱查尔斯,问题才变得复杂了。昨天夜里我哭泣而眠,因为我知道我们正在渐行渐远,最后肯定离婚了事。现在是小孩把我们凑合在一起。"

伊德·卡尔结婚有五年了,此时她用审视的眼光看着露拉,看看她是否在故作姿态,但是露拉那双可爱的眼睛是既严肃又忧伤。

"那么是什么问题呢?"伊德追问道。

"好多问题。"露拉说,紧蹙眉头,"第一是饮食问题。我并不是一个很称职的主妇,而且我也不打算变成一个好主妇。我不喜欢采购食品,我也不喜欢进厨房,也不愿去察看一下冰箱是不是干净。我不喜欢对仆人装出一副对她们的工作很感兴趣的样子。在饭菜端上桌之前,我根本不想听到有关食物的任何话题。你知道,我从来没学过烹饪,所以厨房对于我来说就和锅炉房差不多,索然无味。厨房简直就是一部我一无所知的机器。说来很简单,'去烹饪学校学习学习',书里面的许多人是那么做的 —— 但是,伊德,在实际生活中,除非不得已,谁会变成模范主妇呢?"

"讲下去,"伊德不置评论地说,"告诉我更多情况。"

"哎,结果,家里经常闹得一团糟。每个星期都在更换仆人。

如果来的仆人年轻，不能胜任工作，我没有能力培训她们，最后只好让她们离开。如果来的是有经验的老手，她们则不喜欢家里的女主人对芦笋的价钱丝毫不感兴趣，于是她们也走了——我们多半就在饭馆和酒店里进餐。"

"我想查尔斯不会喜欢那样。"

"不喜欢。实际上，我喜欢的东西他几乎都不喜欢。他对剧场兴致索然，不喜欢歌剧，不喜欢舞蹈，不喜欢鸡尾酒派对——有时我想他不喜欢所有世界上给人愉悦的东西。我呆呆地在家里坐了一年多。就是在我怀上查克的时候，以及在我哺乳期间，那时我不在乎。但是这一年，我直截了当地告诉查尔斯，我还很年轻，想享受生活的乐趣。从那以后我们就常外出，不管他想不想去。"她停顿下来，思索了一会儿，"我很对不起他，又不知如何是好，伊德——不过，要是就这样一直待在家里，我就对不起我自己。我还有一句真话告诉你，我宁愿他更不快活一些，而不是我自己。"

露拉与其说在讲述一个情况，还不如说在自言自语。她认为自己很通情达理。在她结婚前，男人们都说她是"一个有风度的人"。她也一直努力把这个美德带进婚后的生活中去。所以她总是如同了解自己所想那般一样了解查尔斯对事情的看法。

如果她是一个拓荒者的妻子，她也许就会跟她丈夫肩并肩一起去战斗。但是在纽约这里，没有任何战斗。他们没有一起奋斗去赢得遥不可及的安宁和悠闲——她拥有的安宁或闲情已经多到用不完了。说实在的，露拉像在纽约数以千计的年轻妻子一样，只想找点事做。如果她自己手上多一点钱，而少一点爱，她就可以去玩马，或是大胆地来上一场外遇。或者他们的钱略为少一些，那么她过剩的精力就会被期望，甚至被干活的努力所吸收。然而查尔斯·亨普尔夫妇则介于这两者之间。他们属于美国的一个巨大的阶层，这些人每年夏天到欧洲去闲逛，凄怆失意地对其他国家的风俗、传统和消遣方式冷嘲热讽，因为他们没有自己的风俗、传统和消遣方式。他们这个阶层的人仿佛是昨天才从他们父母那里生出来的，而他们的父母却好像还活在二百年前一样。

下午茶时间很快过去，转眼间来到了晚餐前的时段。大多数的桌子已清空，房间里不再拥挤，只零星坐着一些人，时而响起一些突兀的说话声，或是远远传来几声大笑——服务生在房间的一隅开始为晚餐铺设白桌布。

"查尔斯和我互发脾气。"房间重归宁静，露拉的说话声音显得分外的清脆响亮，使旁人一惊。她陡然压低嗓音："全是一些鸡毛蒜皮的小事。他不停地用手搓着脸——不停如此，在就餐时，在观剧时——甚至在床上就寝时。他的这个动作弄得我恼火极了。当这样的事惹得你难以忍受时，事情就完了。"

她中断了说话，把手往后伸去，拉起她轻薄的裘皮领子围住脖颈。"我希望我没有让你感到厌烦，伊德。这事一直堵在我心上，所以今晚讲给你听。我今晚有个约会，一个很有趣的约会，在看完演出后，跟一些俄国歌唱演员或是舞蹈演员什么的一起吃晚饭，查尔斯说他不去。如果他不去——那么我就独自去。那就是结局。"

她突然在桌子上撑起两个肘臂，眼睛往下看，把头埋进她光滑的手套里，哭泣起来，声音很低，却哭个不停。好在周围没有人看到，但是伊德·卡尔还是希望她没戴手套。那样她就可以伸出手去，触摸她的玉手，进行安抚。但是此时手套成了一种象征，表示要向一个深受生活优待的妇女展现同情实不容易。伊德本想要对她说："一切都会过去，事情并非如看起来那么糟糕。"但是她什么也没有说。她只是感到不耐烦和乏味。

一个侍者走过来，在桌子上放下一张折好的账单，卡尔太太伸手去拿。

"不，不该你付钱。"露拉哽咽着说，"不要你付，是我请你来的！我已拿好钱了。"

二

亨普尔家住的公寓——他们买下的——是那种白色的宫廷式建筑，缺少了些人情味，没有名称，只有门牌号。他们在蜜月期间进行了装修。他们去英国采购大件，去佛罗伦萨选购各种摆设，去威尼斯添置纱网织物和纯麻的窗帘，还有放在桌子上供观赏和娱乐用的彩色玻璃器皿。露拉很享受在蜜月旅行中选购东西，它赋予了旅行一种目的感，避免了只是在大酒店之间转悠，以及在那些荒芜的废墟上做沉闷的游逛，而这种情况恰好是在欧洲度蜜月常有的事。

蜜月旅行归来，开始了婚后生活。他们的生活相当富足。露拉发现自己成了一个殷实的阔太太。有时她有一种受宠若惊的感觉，精心装修的公寓和豪华的轿车都是属于她的，可如果命运赐给她的是一栋按《妇女家居》杂志上的图样建造并用按揭方式购买的郊区小木屋，加上一辆旧款小汽车，她也会同样觉得惊异。使她更为惊讶的是，她开始对这一切感到厌烦。但是，事实确实是如此。傍晚七时，她从四月黄昏的漫步中转回家来，走进厅道，在那里看到她丈夫在客厅的火炉前等候着。她不出声地走了进去，随手关上门，站立在那里注视了他一会儿。他们之间隔着小小的客厅，布置得十分赏心悦目，她就从那里观望他。查尔斯·亨普尔年约三十四五岁，有一张年轻而严肃的面孔，铁灰色头发十分显眼，十多年后很可能会变白。他的头发和他那双深凹的灰黑色眼睛是他最突出的面部特征——女人经常认为他的头发很浪漫；露拉多半时间里也是如此认为的。

此时此刻，她发现自己不怎么喜欢他，因为她看到他又举手放到脸上，神经质地搓着他的下巴和嘴。这使得他留给人们一种很不讨人喜欢的模样，有时甚至因此使他说话含混不清，所以她要不断地问他："你说什么啦？"这个问题她提过好几遍了，他也为此道过歉，一副颇感意外的样子。但是，他显然并没意识到他这么不断地重复这个动作，是多么的丢人现眼和多么令人生厌。事情已经发展到如此危险的地步，以致露拉都不敢再多说这类事了，怕说漏了嘴反而会惹起不可收拾的局面。

露拉突然把手套和钱包往桌上一掷。听到这轻微的声响，她丈夫朝厅道方向观望了一下。

"是你吗，亲爱的？"

"是我，亲爱的。"

她走进客厅，走去投入他的双臂，温柔地吻他。查尔斯·亨普尔用一种不同寻常的彬彬有礼的方式来回应，慢慢把她的身子转过去，使她面向房间另一面。

"我带了一个人来家里共进晚餐。"

此时她才发现他们不是单独在一起，她第一个感觉是轻松，舒了一口气。接着在她把手伸出去时，脸上僵硬的表情立马软化为羞涩而迷人的笑容。

"这位是穆恩医生 —— 这位是我的妻子。"一个年龄比她丈夫稍大一些的男人迎上前来。他有一张圆脸，脸色苍白，有几条浅浅的皱纹。

"晚上好，亨普尔太太，"他说，"我希望我没有打扰你的活动安排。"

"噢，没有，"露拉应声回答，"非常高兴你能来跟我们共进晚餐。我们这儿太冷清了。"

与此同时，她想到她今晚的约会，心里诧异这是不是查尔斯设计的一个拙劣的陷阱，企图把她留在家里。若是果真如此，那么他选择的诱饵实在太糟糕了。这个男人 —— 他的身材、他的相貌、他沉重而慵懒的声音，甚至他那身穿了三年已被蹭亮的衣服，全都散发出一种缺乏魅力的平庸气味。

然而，她还是告了声"失陪"，去到厨房看看晚餐安排得怎样。像往常一样，他们在试用两个新的仆人，午餐做得很糟糕，干活的态度也不好,她准备明天辞了她们。她希望查尔斯去跟她们谈,因为她不喜欢赶走仆人。有时候,她们会哭泣恳求;有时候,她们会无理取闹。但是查尔斯却有办法对付她们。她们一般总是惧怕男人。

不管怎样,饭菜正在炉子上烧煮,闻起来味道还不错。露拉指示她们该使用哪一套餐具,并打开酒柜取出了一瓶价格不菲的意大利红葡萄酒。然后她进了房间,去给小查克送晚安吻。

"他很乖吗?"她问道,此时小孩兴奋地扑到她怀里。

"很乖。"女保姆说,"我们到中央公园那里走了一大圈。"

"嗯,你真是个小机灵!"她激情地吻他。

"他把脚伸到喷水池里去了,所以我们不得不马上乘出租车回来,给他换鞋和袜子。"

"好的。查克,过来!"露拉解开戴在她头颈上的一串黄色珠子项链的搭扣,取下项链,递给儿子,"你千万不要弄断妈妈的项链哦。"她转向保姆,"在他睡着后,把它放到梳妆台上。"

她离开时对儿子有一种恻隐之心 —— 生活在一个封闭的小圈子,除了大家庭里的孩子,所有的孩子全都过着这种生活。只要不让她来照料他,他就是一朵可爱的小玫瑰花。他的脸型长得跟她的很像;她有时会为此感到亢奋,当她的心跟他的心紧贴着一起跳动时,又会唤起她对生活新的决心。

在她自己温馨的粉色卧室里,她把注意力集中在自己的脸上,清洗与重施胭粉,补一下妆,她认为并不值得为穆恩医生更换衣裳,而且她感到异常疲劳,尽管她一整天没有干什么事。她回到客厅，跟他们一起去进晚餐。

"你们的房子真漂亮，亨普尔太太，"穆恩医生不动声色地说，"让我祝贺你还生养了这么好的一个男孩。"

"谢谢。这话出自一个医生之口，是一个莫大的赞誉。"她迟疑了一下，"你是儿科方面的专家吗？"

"我不是专科医生，"他说，"我大概是这个行当中最后的一个了——全科医生。"

"不错，在纽约确实算最后一个了。"查尔斯评述道。他开始神经质地搓起他的脸，露拉的眼睛盯着穆恩医生，以防让自己看到他的动作。但是查尔斯的下一句话却使她立即回过头来瞧他。

"实际上，"他出人意料地说道，"我邀请穆恩医生到这里来，因为我想要你今晚跟他谈谈。"

露拉在椅子上坐直身子。

"跟我谈？"

"穆恩医生是我的一个老朋友，我想请他跟你聊聊，露拉，请他跟你说一些你该知道的事情。"

"怎么——"她本想付之一笑，但她心底里既吃惊又恼火，"我不懂你究竟是什么意思。我什么问题都没有。我认为我生活得好好的，感觉再好不过了。"

穆恩医生对查尔斯瞧了一眼，要求允许说话。查尔斯点头同意，他的手又不由自主地伸到脸上。

"你丈夫已经告诉了我许多你们在共同生活中不甚愉悦的地方，"穆恩医生说，依然不动声色，"他想知道我是不是能在消除分歧方面有所帮助。"

露拉的脸烧得通红。

"我不太信心理分析这一套,"她冷淡地说,"我也不认为自己可作为研究的对象。"

"我对它也不太信,"穆恩医生回答道,显然没有意识到对方的怠慢,"我对一切都没有特殊的信心,除了对自己之外。我对你说过我不是什么专科医生,还要补充一句,我也不是那种追求时髦的人。我不做任何许诺。"

她有一阵子想离开这个房间。但是他语气中的放肆大胆反倒引起了她的好奇心。

"我不能想象查尔斯告诉你些什么,"她说,竭力控制住自己的情绪,"更想象不出为什么他要对你说。但是我有把握对你说我们的事完全是我丈夫和我之间的私事。如果你不反对的话,穆恩医生,我更愿意讨论 —— 少一些涉及私人的事。"

穆恩医生重重地点点头,彬彬有礼。他不再试图打开这个话题,晚餐在无声无息中进行,只有三言两语的交谈。露拉决定不管发生什么,她今晚将按原来的计划做。一个小时前她还是为了追求独立自主,但现在则变成了某种对抗的姿态 —— 这是出于自尊自爱。她原先打算晚饭后在客厅里待一会儿,然后上咖啡时,她就找个借口脱身,换上衣服出走。但就在他们离开饭厅时,反而是查尔斯二话不说飞快脱身离去了。

"我有一封信要写,"他说,"我过一会儿过来。"在露拉可以作出一个策略性的反对之前,他飞快地往走廊那一端他的房间走去，露拉听到他关上门。

露拉一脸的怒气和迷惑，倒罢咖啡，坐在长沙发的一端，专注地瞧着炉火。

"不用害怕，亨普尔太太，"穆恩医生突然开口说道，"这是强加于我的。我也是身不由己啊。"

"我并不害怕你。"她插话道。但是，她知道她是在说谎。她有一点怕他，光是因为他对于她的嫌恶毫无觉察这一点就够了。

"告诉我你的烦恼。"他说道，语气很自然，仿佛她也同样身不由己似的。他甚至连看都不看她一眼，要不是因为他们是单独在这个房间里的，看起来他几乎不是在对她说话。

她心里想的，放在嘴边的，以及她决意要表达的话是："我不会这样做"。然而她实际上说出口的话却使她自己大吃一惊。那是自发的流露，显然是她本身脑子和嘴巴没有配合好。

"难道你在吃晚饭时没有看到他搓脸吗？"她绝望地说，"你瞎了眼吗？他变得使我十分烦恼，我甚至认为我要疯了。"

"我懂的。"穆恩医生圆圆的脑袋向下点了点。

"难道你没有看到我在家里受够了吗？"她的乳房似乎在衣服下汹涌，大起大落像要呼吸空气，"难道你没有看到我是多么厌烦管家，管孩子吗？—— 一切的一切好像永远没完没了。我要刺激，要兴奋；我不在乎它采用什么形式，不在乎我要为之付出什么代价，只要它使我的心脏跳动起来。"

"我懂的。"

他自称他理解她，而这极大地激怒了她。她的对抗心理达到了很高的程度，以致她宁肯没人理解她。只要她自己的欲望中有十足的激情和真诚，她便可以满足了。

"我一直在努力表现好一些，现在不想再做努力了。如果我是那种不惜损毁她们自己的生活而最终一无所获的女人，那么我现在就会去那么做。你可以说我自私自利，或者愚蠢至极，你说得一点没错；但是五分钟后，我会走出这个家，而且开始活跃如初。"

这次，穆恩医生没有回答，抬起头，仿佛他在倾听发生在远方的一个故事。

"你不会出走，"他过了一会说，"我可以相当肯定地说你不会出走。"

露拉哈哈大笑。

"我要出走。"

他对此不屑一顾。

"亨普尔太太，是这样的，你丈夫状况不佳。他一直在努力过你要过的那种生活，这种生活给了他太大的压力。在他搓嘴时……"

走廊里传来轻轻的脚步声，女仆人带着一脸惊恐的表情，踮着脚走进房间。

"亨普尔太太——"

对这突如其来的打扰，露拉迅速转过身。

"怎么啦？"

"有一个情况要和您说——"稍微镇定了一下，女仆人的惊恐失措陡然被制止住,"亨普尔先生发病了!刚才,他来到厨房里,把冰箱里的食品全往外扔,现在他在自己的房里,又哭又唱——"霎时间,露拉听到了他的声音。

三

查尔斯·亨普尔精神崩溃了。二十年几乎不间断的艰辛工作沉重地压在他肩上,再加上最近家里的压力使他不堪忍受。在职业生涯中,他始终意志坚强,组织有序,但他对妻子的态度却是一个弱点——他明知她有着强烈的私心,但那是在人与人一系列关系中的一个缺点而已,女人身上的私心对许多男人来说还具有不可抗拒的吸引力。露拉的私心是与她充满童真的美丽并行共存的。结果是查尔斯·亨普尔把造成各种情况的责任全揽在自己身上,尽管实际上常常是露拉一手造成的。这是一个不健康的态度,最终由于他试图把一切错误全归咎于他自己,他的精神垮了。在起初受到的震撼与随之而来的短暂怜悯之后,露拉开始带着不耐烦的态度看待这种情况。她是"一个有风度的人"——她不能在查尔斯病倒时,乘人之危,落井下石。

她享有自由的问题只得延后了,待到他康复后再说。恰好在露拉不想再当一个妻子时,她不得不兼当一名护士。她坐在床边,听着他神志不清地念叨着她——念叨他们订婚的日子,念叨那时有一个朋友怎么对他说他犯了一个错误,念叨他们婚后最初几个月的幸福,还说到裂痕出现后日渐严重的不安宁。很明显,他对当前情况的了解比她设想的更多 —— 也比他说的更多。

"露拉!"他在床上辗转反侧,试图爬起来,"露拉!你在哪里?"

"我就在这里,查尔斯,在你身边。"她竭力使她的声音欢快和温暖些。

"如果你要走,露拉,你最好走吧!我似乎不再能满足你了。"

她安抚地否认了这一点。

"露拉,我深思熟虑过了。我不能为了你毁了我自己的健康——"说完后不久,他快速而激情地说,"露拉,看在上帝的分上,不要走,不要出走,不要离开我!向我保证你不走!——要是你不走,我愿意做你说的任何事。"

他的谦卑最使她心烦意乱。他是一个很矜持的男人,她此前从未想过他会如此忠贞热忱。

"我只走开一会儿。查尔斯,是去见一下你的朋友穆恩医生。他今天来看望你,了解你的近况,你想不起来了?他走之前还要跟我聊聊。"

"你会回来吧?"他执着地问。

"就去一会儿。好了 —— 安安静静地躺下。"

她抬起他的头,轻轻拍打枕头,使它松软如新。一个受训过的新保姆明天将来上班。

在客厅里,穆恩医生静候着 —— 他的那套西装在午后的阳光下显得更为寒碜破旧。她非同寻常地不喜欢他,带有一种不合逻辑的信念：她的不幸在某个方面应归咎于他。但是，他对此事深感兴趣，以致她无法把他拒之门外。不过她还没有请他去咨询一下专科医生们——这么一个衣衫褴褛的医生……

"亨普尔太太。"他走上前来，伸出他的手，露拉轻轻又不自然地碰了它一下。

"你看起来身体不错。"

"我还可以，谢谢你。"

"我恭贺你事情掌控得很好。"

"哪里，我完全没有掌控什么事情，"她冷漠地说，"我做我该做的事——"

"不过如此而已。"她的不耐烦情绪飙升，"我做我该做的事，仅此而已，"她接着说，"没有特别的善意。"

突然，她再次向他吐露起自己的心事，因为她前一晚刚遭到了巨大的不幸——尽管意识到她这样显得对他太过亲近了，然而她不能约制自己，一吐为快。

"这个家过不下去，"她苦涩地开口道，"我不得不解雇了仆人，现在我白天请一个女日工帮忙。孩子得了感冒，我发现他的保姆什么都不会做，弄得一塌糊涂，乱七八糟。"

"若你不介意的话，能给我说说你是怎么发现那个保姆什么事都不会干的吗？"

"在你被迫待在家里时，你会发现好多很不愉快的事。"

他点点头，他那张疲惫的脸转来转去，四处张望。

"我感受到些许鼓舞，"他慢悠悠地说，"如我对你说过的那样，我不做任何许诺，我只是尽我所能。"

露拉抬头朝他看了一眼，心中一惊。

"你说的什么意思？"她表示不同意，"你并未为我做什么——什么也没做！"

"做得不多——暂时而已，"他沉重地说，"需要时间，亨普尔太太。"

他说这些话，用的是一种干巴巴的音调，不带有冒犯的意味，但是露拉觉得他说得太离谱了。她站了起来。

"我以前遇到过你这类人，"她冷冰冰地说，"出于某种原因，你认为你在这里享有'我家老朋友'的地位。但是我不随便跟人交朋友，我还没有给你这么个特权，对我如此——"她要说的是"傲慢"，但是她回避用这个词，改为"如此介入我的私事"。

医生走了，关上前门后，露拉走进厨房去看看那个新来的女厨子是否知道要做三种不同的饭——一种为查尔斯的，一种为孩子的，还有一种为她的。一个佣人单枪匹马要干这么复杂的活儿确实是很艰辛。她必须去另一家家政劳务介绍所试试——目前这一家听上去有点厌烦了。

她很惊讶，发现那个女厨子穿着外衣、戴着帽子，正坐在餐桌旁看报。

"怎么——"露拉一时想不起她的名字，"嗯，怎么回事？你的名字叫——"

"我的名字叫丹斯基。"

"怎么回事？"

"我恐怕做不了你家的膳食。"丹斯基太太说,"你知道,我只是一个普通的厨子,我不习惯做病人的饭。"

"但是我一直指望着你。"

"非常抱歉。"她固执地摇摇头,"我得考虑我自己的身体健康。我可以有把握地说,我来的时候他们没有告诉我要我干什么样的工作。在你要我去打扫你丈夫的房间时,我知道这大大超出我的能力。"

"我不会要求你去做清洁工作,"露拉不顾一切地说,"拜托你待到明天。我不可能今晚就找到其他人来。"

丹斯基太太礼貌地莞尔一笑。

"我还有自己的小孩要考虑,正像你一样。"

露拉正想说多付她一些钱,但是突然她的脾气上来了。

"我一辈子没有听说过这么自私自利的事!"她耐不住发泄道,"在这样一个时候不管我,一走了之。你真是个老傻瓜!"

"你把我的功夫钱付了,我就走。"丹斯基太太冷静地说。

"陈非你留下来,否则我一分钱也不给。"

她立即感到后悔说出这句话,但是她太自傲了,不愿撤回发出的威胁。

"你必须给我付钱!"

"你给我从那扇门出去!"

"你给了钱我就走,"丹斯基太太愤愤地重申,"我得考虑我的孩子。"

露拉猛吸了一口气,往前走了一步。丹斯基太太被她吓到了,转身夺门离去，嘴里还喃喃自语着。

露拉走到电话机前，给家政劳务所打电话，说明那个女佣已经走了。

"你能不能立刻给我派一个人来？我的丈夫病了，小孩也病了——"

"对不起，亨普尔太太。现在办公室里没有人。已经过了下午四点钟了。"

露拉争辩了一会儿。最后，她得到了一个保证，即他们会打电话去告急，通知他们认识的人。那是他们在明天之前所能尽到的最大努力了。

她又打电话给另外几家政劳务所，但是家政服务行业显然今天已经停止运营了。她给查尔斯服药以后，轻轻踮脚走到育儿室。

"小宝贝怎样？"她心不在焉地问道。

"九十九度一①，"保姆低声说，把体温计对准亮光处，"我刚刚量的。"

"这算高吗？"露拉问，皱起眉头。

"高了零点六度。对下午来说，不算多么高。孩子得了感冒通常升高一些。"

露拉走到小床边上，把手放在她儿子有红晕的面颊上，她忧心忡忡地在想，他是多么像在公共汽车里"力士香皂"广告上的那个天真可爱的孩子。

她转向保姆。

---

① 指华氏度，大约相当于三十七点三摄氏度。

"你知道怎么做饭吗?"

"噢,我不是个好厨子。"

"那么,你今晚能给孩子做顿饭吗?那个老傻瓜走了,我找不到人,我又不会做。"

"噢,是的,我能做孩子的饭。"

"那么,这就好了。我会设法给亨普尔先生弄点吃的。请你把你的门打开,这样在医生来的时候,你就能听到门铃声了,到时候来通知我。"

那么多医生!一天里医生络绎不断,家里没有一个小时不来医生上门。每天上午是专科医生和家庭医生,接着是儿科医生—— 今天下午是穆恩医生。他平静、执着、不受欢迎地待在客厅里。露拉走进了厨房。她可以给自己煎培根和鸡蛋 —— 她看演出回来晚时常常那么做。但是要给查尔斯做蔬菜类食品是另外一回事 —— 它们要煮或炖或这样那样处理,炉子有许多门和烘烤设备,她不知道究竟用哪个。她选了一个看上去挺新的蓝色平底锅,把切好的胡萝卜和一些水放进去。当她把锅放到炉子上,正在想下一步做什么时,电话铃响了,来自家政劳务所。

"是,我是亨普尔太太。"

"怎么,那个派给你的女人回到我这里来了,宣称你不肯给她付工钱。"

"我跟你解释了,她拒绝留下。"露拉带着火气说道,"她没有履行协议,我感到没有义务 ——"

"我们必须看到我们的人拿到工资,"代理人告诉她,"否则,我们就没有尽到帮助他们的责任了,不是吗?我们很遗憾,亨普尔太太,在这件小事处理完之前,我们不能再给你提供其他人了。"

"啊,我付,我付!"她叫道。

"当然,我们喜欢与雇主保持良好的关系——"

"是的,是的!"

"那好,你是否能明天把钱送来?每小时七十五美分。"

"不过,今晚怎么办?"她问,"我今晚就得要人。"

"哎——现在已相当晚了。我本人也要回家了。"

"但是,你知道我是查尔斯·亨普尔太太。你不了解吗?我做人地道实在,说到做到,我是查尔斯·亨普尔的妻子,百老汇街14号的——"

与此同时,她意识到现在百老汇街14号的查尔斯·亨普尔只是一个可怜的病人——他再也不能作为推荐人,或者庇护人。她感受到世态的炎凉与人情冷暖,在绝望中将电话挂断。

她在厨房里又瞎折腾了十分钟之后,走去找孩子的保姆,尽管不甚喜欢她,但只得向她坦承,她自己做不了她丈夫的晚饭。保姆却一本正经对她说她头痛得要裂开来了,又说手上有一个生病的孩子已忙得不可开交,不过她还是勉强答应指导露拉怎么做。

保姆一边试着使用那只不熟悉的炉子,一边嘴里嘟囔个不停,而露拉只得忍气吞声地听从她的发号施令。晚饭总算凑合开始做了。然后,保姆要给查克洗澡去了,露拉一个人坐在厨房里的桌子旁,听着从锅子里传出的沸腾声,闻着煮菜的香味。

"妇女天天做这些，"她在想，"成千上万的妇女都是这般。做饭和照料病人 —— 有的还要出外工作。"

但是她没有把那些妇女当作跟她一样的人，她们的相似之处只是同样长着一双脚、一双手罢了。她说到这事如同她说"南太平洋海岛上的土著人带鼻环"一样。今天她仅仅在自己的家里过了一天简朴的贫民生活，她不喜欢这种生活。对于她来说，这仅仅是一个可笑的例外。

突然，她感觉到餐厅里有缓慢的脚步声，有人往这里走来，后来走到了食品储藏室。她有点害怕穆恩医生再来造访，于是抬头张望 —— 她看到是保姆正从储藏室的门那边走来。她心里闪过一个念头，保姆也病了。她猜对了 —— 保姆还没走到厨房门口，打了个趔趄，一手抓住门上的把手，就像小鸟抓住一根树枝一样。然后她不吭一声倒向了地板。就在此时，门铃响了，露拉站起来，发现是儿科医生来了，松了一口气。

"晕了，如此而已，"他说，把小保姆的头放在自己的大腿上。保姆的眼球转了几下。"对，她晕过去了，如此而已。"

"人人都病了！"露拉带着一种绝望的情绪叫了起来，"除我之外，人人都病了，医生。"

"这一个不是病，"过一会儿他说，"她的心脏已经正常了。她只是晕过去了。"

在她帮助医生把那个开始醒过来的身子抬到椅子上后，露拉赶忙跑去育儿室，俯身在孩子的床边，轻轻地放下边上的铁栏杆，寒热似乎已退去了 —— 红晕也消失了。她弯下身子，摸了摸孩子的面颊。

露拉突然尖声哀号起来。

四

即令在孩子的葬礼后，露拉仍然不能相信她已永远失去了他。她回到公寓住所，绕着育儿室来回走着，嘴里不断念着儿子的名字。被巨大的悲伤所震骇，她坐了下来，呆呆地凝视着孩子白色的小摇椅和旁边的红漆小鸡。

"我将会变成什么样子？"她轻声地自言自语，"在我真正意识到我将永远见不到查克时，可怕的事也就要降临在我头上了！"

不过，她还不是很确定。如果她在这里待到黄昏时分，也许那保姆仍会散步后带着他走进来。她记得在一次悲剧性的混乱之中，有人对她说查克死了，但是要是果真如此，那么为什么他的房间还在等着，他的小梳子和小刷子仍然摆放在柜子上呢？再说，究竟为什么她现在要在这儿呢？

"亨普尔太太。"

她抬头望去。那个疲惫的、衣着破旧的穆恩医生的身影站在门口。

"你走开。"露拉低沉地说道。

"你的丈夫需要你。"

"我不在乎。"

穆恩医生往房间里移动了几步，说道："我不认为你懂的，亨普尔太太。他一直在叫唤你。现在除了他，你别无他人。"

"我恨你。"她猛然说道。

"随你吧。我没有做过承诺，你知道。我尽力而为。当你真正认识到你的孩子已经死了，你不再会见到他，你日子就会过得好起来。"

露拉一跃而起。

"我的孩子没有死！"她大声叫道，"你说谎！你总是说谎！"她闪闪发亮的眼睛注视着他的眼睛，在那里她抓到了某种东西，粗暴和仁慈两者并存的东西，使她诚惶诚恐，使她自感乏力，默认顺从。她低下她的眼睛，既疲倦又绝望。

"好吧，"她无精打采地说，"我的孩子走了。现在我该怎么办？"

"你丈夫现在身体好多了。他现在最需要的是休息和关怀。但是你必须去他那儿，告诉他发生了什么。"

"我猜想你认为是你使他病情好转的。"露拉苦涩地说。

"或许。他现在身体差不多好了。"

差不多好了——然而将她与她的家联系在一起的最后纽带断裂了。她的这部分生活结束了——她可以在此时此地与它切断，带着悲伤和压抑离开这里，扬长而去，像风一样自由自在。

"我马上就去他那里，"露拉用一种似在远方的声音说，"请不要打扰我。"

穆恩医生不受欢迎的身影溶入了厅道的昏暗中。

"我可以远走高飞，"露拉低声自言自语，"生活还给了我自由，代之以生活从我身上夺走的东西。"

但是她必须当机立断，不耽误一分钟，否则生活会再次把她束缚住，使她再一次受苦。她叫来了公寓的门房，请他把她的皮箱从储藏室里取出来。然后，她开始收拾书桌和衣柜里的东西，力图把她带入到婚后生活中的物品尽可能地全拿走。她甚至发现两件旧礼服，还是她嫁妆的组成部分 —— 早已过时了，臀部有点紧了 —— 可她还是把它们跟其他东西一起扔进箱子里。开始新生活。查尔斯身体又好了，她视为心肝又略感厌烦的孩子死了。

在她整理好箱子后，她不由自主地走进厨房，去看看饭菜准备的情况。她特别关照厨子给查尔斯准备的东西，并说她自己到外面去吃。在她看到一只用来为查克煮食的小锅子时，她注视了一会儿 —— 但是她无动于衷。她查看了一下冰箱，看到里面很干净，很清新。然后，她走进查尔斯的房间。他坐靠在床上，护士正在给他读东西。他的头发几乎全白了，银白色，头发下面的眼睛在他瘦削年轻的脸上显得又大又黑。

"孩子病了？"他很自然地问道。

她点点头。

他犹豫不决，闭上眼睛一会儿，然后他问：

"孩子死了？"

"是的。"

他很长时间都没有说话。护士走过来，把手放在他额头上。两大滴眼泪夺眶而出。

"我已知道孩子死了。"

在又一次长长的等待后,护士打破沉默,说道:

"医生说今天有太阳时他可以坐车出去转转。他需要一点变化。"

"是。"

"我以为——"护士迟疑了一下,"——我以为,亨普尔太太,要是你而不是我陪伴他去,也许这对你们两位都有好处。"

露拉急忙摇头。

"噢,不行,"她说,"我感到今天我去不了。"

护士看了看她,露出一副感到莫名其妙的表情。露拉对查尔斯顿生一种怜悯之情,轻轻地弯下身,吻了吻他的面颊。然后,她一言不发,走回自己的房间,戴上帽子,穿好大衣,带上手提箱,开始往前门走去。

她立即看到在厅道里有一个人影。如果她能顺利通过那个人,她就自由了。如果她能够走过那人影,不管从人影的右边或左边通过,或者命令他给她让道,她就自由了!但是,那人影很顽固,拒不移动一步。她轻声叫喊了一声,身子一沉坐进了过道里的一张椅子里。

"我以为你已经走了,"她哀声喊叫,"我告诉过你,要你走开。"

"我很快就走,"穆恩医生说,"但我希望你不重蹈覆辙。"

"我现在没犯错——我正是在远离旧时的错误。"

"你企图远离你自己,但你做不到。你越是想逃脱你自己,你越是离不了自己。"

"但是我必须离开,"她狠命地坚持,"远离这个死亡和失败之家。"

"你并没有失败,你还刚开始。"

她站起来。

"让我过去。"

"不。"

突然,她放弃了。在跟他谈话时,她常常会这样。她双手掩面,痛哭流涕。

"回到那间房间去,对护士说你来陪伴他乘车外出转转。"他提议。

"我不可能去。"

"噢,你可以的。"

露拉再次瞧瞧他,知道自己最终会听从。她坚信她的精神最终崩溃了,她拿起手提箱,穿过厅道走了回去。

五

露拉揣测不透穆恩医生究竟施加给她哪种奇妙的影响。但是,随着时间的推移,她发现她现在所做的许多事情正是她以前深恶痛绝的。她和查尔斯待在家中,在他身体逐渐康复后,她有时跟他一起外出吃饭,或上剧场,不过只是在他表示有这种意愿时才去。她每天都去厨房,不情不愿地操持着这个家,心有余悸,开始是害怕这个家会出毛病,后来则是出于习惯。她感到这一切都掺杂着穆恩医生的东西 —— 就是那些他不断给她讲述的有关生活的东西，他几乎是向她倾授了全部，然而他始终对她有所保留，小心设防，仿佛害怕她知道什么似的。

随着他们的生活恢复正常，她发现查尔斯的精神也不那么紧张了。他搓脸的习惯离他而去。如果说现在她生活的世界跟她以前的相比，少了些欢乐和激情的话，却让她时不时地体会到了某种平静与和谐，一种她以前从未知道的安宁。

后来，一天下午，穆恩医生突然告诉她他要离此远去。

"你意思是永久吗？"她问道，带有一丝惊慌神色。

"永久。"

说来奇怪，有一刹那，她也说不上她是否感到有些憾然。

"你不再需要我了，"他平静地说，"你可能没有意识到，但是你长大成熟了。"

他走过来，在长沙发上她身旁坐下，拿起她的手。露拉安静而紧张地坐着 —— 聆听他说话。

"我们常常和孩子们约定，他们不必为演出节目出力，只要坐在下面当观众就好，"他说，"但是如果他们长大后仍坐在下面当观众，那么有人就得用双倍的时间为他们工作，以便让他们能够享受世界的光明和亮丽。"

"我就要光明和亮丽，"她表示异议，"那是生活的一切。想让生命中的事物带上些温度不会有什么不对。"

"事物仍然会带有温度。"

"怎么会呢？"

"是你让一切带上了温度。"

露拉瞧着他，感到十分诧异。

"现在轮到你作为中心，你得将长久以来被给予的东西回馈给他人。你得给年轻人安全，给你丈夫安宁，给老人某种慈善。你要让为你工作的人得到依靠。你得要克服比你表现出来的更多的困难，要有比常人更大的耐心，你得承担比自己分内更多的责任，而非更少。世界的光明和亮丽就在你手中。"

他突然停住。

"站起来，"他说，"去到镜子那边照一下，告诉我你看到了什么。"

露拉顺从地站了起来，走近那面镶嵌在墙上的窗形镜子，这镜子还是蜜月旅行时在威尼斯购买的。

"我在脸上这里见到了新的皱纹，"她一边说，一边举起手指放在她自己的两眼之间，"还有在这两边有一些阴影 —— 也许是一些小皱纹。"

"你在乎吗？"

她很快转过身来。"不。"她说。

"你知道查克走了吗？你还知道你将永远见不到他了吗？"

"是，我全知道。"她双手在眼睛上缓慢地抹过去，"不过，这一切似乎是那么模糊，那么遥远。"

"模糊和遥远，"他重复说了一遍，然后问，"你现在还害怕我吗？"

"不再害怕了，"她说，并坦率地补充道，"何况你很快要离开。"

他往门口走去。今晚他显得异常地疲惫，仿佛他走都走不动了，迈不开脚步。

"这个家现在都由你掌管，"他用疲倦的声音低语，"如果这个家有光明和温暖，那就是来自你的光明和温暖；如果这是幸福，那是因为你造就了它。幸福会来到你的生活，但是你决不要再恣意追求它。现在轮到你来生火了。"

"你留下来再坐一会儿，好吗？"露拉鼓起勇气说。

"没有时间了。"他的声音非常低沉，她几乎都听不见他说的话，"但是，记住不管你遇到什么困苦，我永远会帮助你 —— 只要是能帮助的事。我不做任何承诺。"

他打开门。她现在必须弄清她最想要知道的事情，赶在为时已晚之前。

"你对我做了些什么？"她大声说，"为什么我没有对查克的死留下太多悲伤 —— 对所有的事情？告诉我，我似乎有点明白了，然而我看不透。在你走之前 —— 告诉我你究竟是什么人？"

"我是谁？"

穿着破旧套装的他驻足在门廊内。他那张苍白的、圆圆的脸似乎化成了两张、十二张、二十张脸，每张脸看起来都不尽相同，却又如出一辙 —— 悲伤的、喜悦的、哀痛的、冷漠的、无可奈何的 —— 直至六十张穆恩医生的脸如同无穷无尽的镜面反射一样排列在一起，像绵延岁月一般，直通往昔。

"我是什么人？"他重复一遍，"我是五年的时光。"

门关上了。

六点钟，查尔斯·亨普尔回到家，露拉像往常一样在厅道里迎候他。除了现在他的头发全白了之外，漫长的两年疾病在他身上没有留下痕迹。反而露拉本人有了更明显的变化 —— 她略为胖了些，在眼睛周围有了些细纹，它们的出现要回溯到1923年查克病逝的晚上。但是，她看上去还是很可爱。她二十八岁的脸上有一种成熟的慈祥，仿佛苦难仅仅勉强地触碰了她一下，便匆匆地走了。

"伊德和她丈夫要来吃饭。"她说，"我买了两张戏票，不过如果你累了，我不在乎我们去不去看。"

"我想去。"

她瞧了瞧他："你不想。"

"我真想去。"

"看你吃完饭后怎么想吧。"

他把手臂搂住她的腰。他们两人一起走进育儿室，那里两个孩子正等着他们来说晚安。

古道热肠和小肚鸡肠

一

年轻的马瑟夫妇结婚约有一年光景。一天，妻子杰奎琳走进了丈夫经营的设备销售店。她丈夫经营得还算成功，超过一般水平。店里内部办公室的门是开着的，她在门口停了下来，说道："噢，对不起。"她闯入了一个看似寻常，却颇为耐人寻味的场景中。一个名叫布朗森的年轻人和她丈夫都站立着。她见过这个年轻人，但对他了解很少。她丈夫起身站在办公桌旁，布朗森上前抓住她丈夫的手，热情地握了握——远甚于一般的热情。当他们听到杰奎琳在门口的脚步声时，两人都不约而同地转过身去，杰奎琳看见布朗森的眼睛红红的。

不一会儿，他走出来，经过她时，尴尬地说了声"你好！"她便径直走进了她丈夫的办公室。

"埃德·布朗森来这里干吗？"她很好奇，立即发问。

吉姆·马瑟对她微微一笑，眯起他灰黑色的眼睛，悄悄地拉她过来，让她坐在桌子上面。

"他只是顺路进来看一下。"他随口回答道,"家里一切都好吗?"

"都挺好。"她好奇地瞧着他,追问道,"他来干什么?"

"他只是为某件事顺便来看看我而已。"

"什么事?"

"噢,小事一桩。生意上的事。"

"那为什么他的眼睛是红的?"

"是吗?"他无辜地瞧着她,然后他们两人哈哈大笑。杰奎琳从桌上下来,站立起来,绕过桌子,一屁股坐进他的转椅。

"你还是对我说真话吧,"她笑嘻嘻地说,"你要是不说,我就一直待在这里不走。"

"嗯 ——"他犹豫不决,蹙紧眉头,"他要我帮他个小忙。"

这时,杰奎琳明白了,或者说她心里一下冒出了真相。

"噢!"她的声音一紧,"你借给他钱了。"

"只是很少一点点。"

"多少?"

"只有三百元。"

"只有三百元!"这声音十分坚硬,犹如冰冷的钢铁,"我们一个月的开销是多少,吉姆?"

"嗯 —— 嗯,我猜想大约五百元,或者六百元。"他不安地变换数目,"听我说,杰凯①。布朗森会还钱的。他现在碰到一点麻烦。他在伍德米尔那里的一个姑娘身上犯了点儿错误。"

---

① 杰奎琳的昵称。

"他知道你是个出了名的老好人,所以跑来找你。"杰奎琳打断他的话。

"不。"他严正地否认这种说法。

"你设想过我可以用这三百元做什么吗?"她问,"还记得去年十一月我们因支不起钱而没有去纽约吗?"

堆在马瑟脸上的笑容消失了。他走过去关上朝向外面办公室的门。

"听我说,杰凯,"他开始解释,"你不了解这件事。布朗森是我几乎天天一起吃午饭的伙伴。他是我的发小,从小我们就在一起玩耍、一起上学。所以他有了困难来找我不是合情合理的吗?正因为如此,我不能拒绝。"

杰奎琳扭了扭肩膀,仿佛对这种申辩嗤之以鼻。

"哼,"她坚定地回答,"就我所知他这个人不怎么样。他经常喝得酩酊大醉。要是他不愿意好好干活,可别赖着你,靠你工作过日子。"

他们两人此时坐在桌子的两端,都采用像跟小孩讲话的腔调,一开口都是"你听着!"他们脸上也都挂上了不耐烦的神情。

"如果你不能理解的话,那我不跟你说了,"马瑟在争论了十五分钟后,不胜其烦地总结道,"这样的人情义务在我们男人之间时有存在,也必须去履行。可不是简简单单拒绝借钱就行的,特别在像我干的这种行业,生意场上靠的就是男人们之间的善意。"

马瑟边说边穿上了外套。他要跟她一起乘电车回家吃午饭。

他们暂无私家汽车，处在一个断档期——他们刚卖掉他们的旧车，准备春天购置一辆新车。

在这个特殊的日子里，搭乘电车真是不走运。在其他的情况下，办公室里的那场争论或许已被遗忘了，但是后来发生的事又添了把火，好比一个人皮肤上长了个小疙瘩，不停搔痒，最终引发创口严重感染。

他们在车厢前门那里找到了座位。此时正值二月下旬，街上的残雪被急欲发威的太阳化成肮脏的涓涓小溪，欢快地流入阴沟，发出叮咚叮咚的回响。由于这一点，车厢里乘客比平时少些——没有人站立。司机甚至把窗子打开，阳光照射下的微风吹散了车厢里冬日末了的气息。

杰奎琳心情愉悦地想道，坐在她身旁的丈夫要比其他男人更帅气、更善良。想要改变他可太傻了，或许布朗森终究会把钱还回来，而且不管怎样，三百元也不是一笔很大的款子。当然，他这么做还是多管闲事。而这时——

她的思绪被一拨涌入车厢过道的乘客所打断。杰奎琳希望他们咳嗽时用手捂住嘴；她还希望吉姆快些买上一辆新车。你说不好在这些电车里会传染上什么病。

她正要转向吉姆想跟他谈这个话题，可是他已站起来，把座位让给站在他身边过道里的一个妇女。这个女人竟一声不哼坐了下来。杰奎琳皱起了眉头。

这个妇女约五十岁，块头很大。她刚坐下时，对占据了椅子上空出的部分还心满意足，但是过了一会儿，她开始扩张，把她身上的一团团肥肉铺展到越来越大的地盘上，直至呈现出一副暴力入侵的架势。在车子向杰奎琳的方向摇晃过来时，她也随之滑过来，但是在摇晃回去时，她设法采用某种技巧，构筑战壕，坚守住了取得的阵地。

杰奎琳对上她丈夫的目光——他正抓着一个吊环拉手在摆动——她用愤怒的一瞥来表达对他让座行为的不赞同。他默默地表示歉意，又急切地全神贯注于车上张贴的一排广告。这个胖妇人再一次向杰奎琳挤过去——实际上她已经跟杰奎琳重叠了。然后她转动她那双眼皮鼓起的眼睛，用不友善的眼光瞧着詹姆斯·马瑟太太，接着对着她的脸疯狂咳嗽。

发出了一声竭力压制的惊叫，杰奎琳站了起来，从那女人肥胖的膝边干脆利索地使劲挤了出去，走向车厢的后部，她的脸因愤怒而涨红。她在那里也抓住了一个吊环拉手，很快她丈夫也过来和她站到了一起，一副战战兢兢的样子。

他们没有相互交谈，只是肩并肩静静地站着，持续了十分钟，而此时一排男士坐在他们前面，咔嚓咔嚓地翻阅着手中的报纸，眼睛实际上盯着那天报上的卡通画。

他们最终下车了，这时杰奎琳脾气大爆发。

"你这个大傻瓜！"她发疯似的大声叫喊，"你没有看到你让座的那个可恶的女人？你为什么不偶尔考虑考虑我，反而对你遇到的每一个自私自利的洗衣妇关怀备至？"

"我怎么知道——"

但是，杰奎琳对他毫不留情，一如既往大发脾气——而其他任何人要对他发脾气就很少见了。

"你看到过那些男人中有谁站起来给我让座？有吗？没有！怪不得你上星期一晚上累得不想出去了。也许那天下班你把座位让给了某个——某个可怕的波兰洗衣妇，壮得像头牛，其实就喜欢站着！"

他们沿着流着雪水的街道走着，不时踩进一个个水坑水洼里。马瑟迷惑而又沮丧，既不说声对不起，也不为自己辩护。

杰奎琳突然中断了唠叨，接着转向马瑟，她眼睛里闪烁着一种难以猜测的光芒。她对这次经历所做的总结，其措辞也许是马瑟生平听到的评语中最难以入耳的了。

"你的问题，吉姆，也就是你为什么被人当作容易算计的目标，就是因为你满脑子装的还是大学新生的思想——你是一个专业的老好人。"

二

这件事及其带来的不愉快很快被忘却了。马瑟的宽宏大度在一小时内就把它造成的疙瘩给磨平了。过了几天，他们不再提起这件事——这件事慢慢淡去，最后沦落到遗忘的边缘地带。我说"边缘地带"，因为，很不幸，记忆从来不会完全被忘却。这件事只是被这样一个事实所淹没了，那就是杰奎琳怀孕了，她带着惯常的镇静开始了漫长的、登山般的艰辛历程。她天生的个性和偏见变得更厉害了，她变得更加不愿轻易放过任何事情。

现在到了四月，然而他们还没有买车。马瑟发现他几乎没有积蓄什么钱，而再过半年他家要添丁添口了。他忧虑重重，一筹莫展。一条皱纹第一次像影子一般出现在他诚实、友善的眼角上，尽管皱纹很细小，还不定型，也不扰人。他拼命工作，在春天的暮色中下班回家，还常常把未做完的工作带回家去做。新车得延后一段时间买了。

四月的下午，全城人都在华盛顿街上采购。杰奎琳缓步走过一家家商店，边走边思索，她的生活似乎被一种看不到的力量引领着成为了现在的模样，对此她倒并不害怕或沮丧。夏天干燥的灰尘在风中飞扬；阳光欢快地从橱窗玻璃上反射出来，照在街上由汽车滴漏的汽油形成的浅洼上，映现出艳丽无比的七色彩虹。

杰奎琳驻足停下。离她不足六英尺的路边停着一辆光鲜的崭新跑车。在车的旁边站着两个男人在聊天，她当即认出其中的一个就是布朗森，听到他随意地对另一个人说：

"你看这车怎么样？今天上午刚买的。"

杰奎琳一转身，立马匆匆往她丈夫的办公室走去。她仓促地给女速记员点头示意，大步从她身边走过，直奔里边的办公室。坐在桌子边的马瑟惊讶地抬头看到她的突然闯入。

"吉姆，"她上气不接下气地开口就说，"布朗森还给你那三百元钱了没有？"

"噢——没哪，"他吞吞吐吐地回答，"还没有。他上星期来过这里，给我说他手头有些紧。"

她的眼睛闪耀着愤懑，却还带着几分扬扬得意。

"哟，是吗？"她怒气冲冲地说，"嗯，他刚买了一辆新的跑车，至少要花上二千五百元。"

他摇摇头，表示难以置信。

"我看到车了，"她坚持道，"我亲耳听到他说是他刚买的。"

"他告诉我他手头紧。"马瑟无奈地重说一遍。

杰奎琳放弃了，重重地发出一声抱怨的叹息。

"他在使你！他知道你好说话，他就使你。你懂不懂？他要你替他买车，你就真干了！"她苦苦一笑，"他或许正在捧腹大笑，想他那么容易就把你骗了。"

"噢，并非如此，"马瑟不服，脸上露出错愕的表情，"你一定认错人了——"

"我们两条腿走路——他却花我们的钱开上了车。"她激动地打断他的话，"哎，太可笑——太可笑！如果这不是那么令人生气的话，我真是要笑掉大牙了——你听着！"她的嗓音变得更尖厉，更压抑，语气里带有鄙视的意味。"你花了一半的时间替别人做事，而这些人压根就不在乎你怎么样。你在电车上把座位让给那些肥猪，自己回到家里累得半死，动弹不得。你参加各种协会，每天至少花去你一个小时的工作时间，而你从他们那里没拿到一分钱。你自始至终都在被人利用！我可忍受不了！我当初以为我嫁给了一个男人——而不是一个专职帮助他人的行善者，随时听令于天下！"

在杰奎琳结束了这一番猛烈的抨击后，她突然身子往后退去，坐在一张椅子里——精疲力竭。

"在这个时候,"她哽咽着继续说,"我需要你的力量,你的健康,要你用双臂搂抱我。要是你——要是你把这些都分给其他人,那么摊到我身上的一份是多么的单薄啊!"

他跪在她身边,慢慢挪动她年轻又疲劳的头,直至让她倚靠在他的肩上。

"对不起,杰奎琳,"他谦卑地说,"我会更小心谨慎些。我没有意识到我在做什么。"

"你是世上最可爱的人,"杰奎琳呢喃地说,声音沙哑,"但是我要你的全部,要你把最好的自己给我。"

他一遍遍抚摩她的头发。有好几分钟,他们静静地这样休息着,达到一种宁静和谅解的境界。然后,门口传来克兰茜小姐的声音,中断了他们的安宁,杰奎琳这才不情不愿地抬起头来。

"噢,请原谅。"

"有什么事?"

"有人送来几盒子东西,是货到付款。"

马瑟站起来,跟着克兰茜小姐走进外面的办公室。

"五十元。"

他在钱包里找钱——那天上午他没有去银行。

"稍等一下。"他心不在焉地说。他的思想还在杰奎琳那里。她在另一间房间里等着他,看来身处困境,孤苦伶仃。他走到走廊里,推开对面挂着"证券代理商克莱顿和德莱克"牌子的门,撞开一扇低矮的护栏门,径直走到坐在写字桌旁的一个男士那里。

"早,弗雷德。"马瑟说。

德莱克，个子矮小，三十岁，鼻子上夹着一副眼镜，秃顶。他站起来，与马瑟握了握手。

"早，吉姆。有什么事我能为你效劳？"

"噢，一个快递员在我办公室，送来一些东西，货到付款，但我手头没钱。你能借我五十元吗？下午就还你。"

德莱克凑近瞧了一眼马瑟。然后，他慢悠悠地、令人惊讶地摇了摇头，不是上下摆动，而是左右摆动。

"很遗憾，吉姆，"他生硬地回答道，"我已立下了一条规矩：无论在什么样的情况下，绝不借钱给任何个人。多少友谊就是因为借钱而破裂的，我见过太多了。"

"什么？"

此时，马瑟才从刚刚的心不在焉中回过神来。脱口而出的两个字完全暴露了他的惊讶。不过很快他天生的圆滑世故就自动地运转起来，快速援救，下达指令，尽管他的脑袋还不甚灵活。他本能地尽力使德莱克不因拒绝借钱而感到为难。

"噢，我理解。"他点点头，仿佛他完全同意，仿佛他本人也常在考虑要采用这样的一条规矩，"嗯，我理解你的感受。噢——我只是——我无论如何不会让你破了那样的规矩。这或许是一件好事。"

他们交谈了几句。德莱克轻松地解释了自己的立场；他显然多次彩排过这套说辞了。他以一个精妙而坦率的微笑打发了马瑟。

马瑟很有风度地回到了他的办公室，留给德莱克这样的印象：他是全城最知分寸、懂礼节的人。马瑟知道如何留给人们那样的印象。但是当他回到自己的办公室,看到妻子忧伤地凝视着窗外的阳光时,他紧攥双手,嘴巴嚅动成在他脸上少见的怪形状。

"好了,杰凯,"他慢慢地说,"我觉得你在大多数事情上都是对的,我大错特错。"

三

在接下来的三个月里,马瑟对过去多年的事进行了反思。他过的是非同一般的幸福生活。那些人与人、人与社会之间的摩擦会让我们大多数人陷入一种尔虞我诈、争吵不休的粗野境地,然而这种情况在马瑟的生活中却鲜有出现。在这事发生之前,他从未想到过他为了免去这种境况的出现付出了怎样的代价,而现在他领悟到,他一直选择走在崎岖不平的道路上,以避免敌对、争吵,甚至质疑。

举例说吧,他私下借给他人总计约一千三百元,现在他有了新的体悟,明白这笔钱他将不再会收回来。多亏了杰奎琳那更为笃定的女性智慧,他才看清了这一点。直到现在,他才想起了这些借款,还真多亏了杰奎琳,他们的银行账户里才能有钱存下来。

现在他也明白她以前的一些断言是对的,他不断地做好事帮助人——这里做一小点,那里做一小点;他投入的时间和精力,其总量是十分惊人的。他一贯乐于做好事,乐于听到人们对他的赞扬。然而,现在他开始怀疑,他做好事是不是仅仅是在满足他自己自私的虚荣心。真实的情况是马瑟在本质上是一个十足的浪漫主义者。

他得出结论，正是他自己的这些付出使他晚上疲惫不堪，工作效率下降，对杰奎琳照顾不周。妻子这几个月来身子愈来愈沉重，心情也愈来愈烦躁。现在是夏天了，她常坐在封好的游廊上，一坐就是一下午，等待着他回家走到通道另一端的脚步声。

马瑟唯恐自己的脚步声显得不够稳健有力、带上疲态，便放弃了许多事情——如大学校友会主席的工作。除此之外，他还舍弃了一些不甚重要的事务。过去，在他被推举进一个委员会时，委员们习惯于选举他担任主席，而他们则退居幕后，躲在人们难以找到的地方。现在他可不再接手这样的事情了。他也避开那些爱找他帮忙的人——逃离俱乐部里那帮貌似殷勤的人，因为他们接着便会赖上你。

他身上的这个变化来得很缓慢。他不是一个特别不谙世故的人——在别的情况下，德莱克拒绝借给他钱一事也不会使他感到惊诧。假如这事作为一个故事说给他听，他不会去认真思考它。但是，这事出其不意突然落在他身上，再赶上他心头正压着的担子，其冲击力赋予了这件事巨大的实在意义。

此时到了八月中旬，终于到了周末，这一整周的天气都热得要命。他办公室敞开的窗户上的窗帘整天纹丝不动，犹如无风时船上的大帆，与令人窒息的纱窗贴在一起。马瑟忧心忡忡——杰奎琳因劳累过度，头疼得十分厉害；同时生意清淡，几近停滞。那天上午他对克兰茜小姐态度非常不耐烦，致使她惊讶地望着他。他立即向她表示道歉，但随后又后悔这么做了。他在炎热中拼命工作——为什么她不那么干呢?

她这时走到他办公室门口,他抬头看了一下,微微皱眉。

"爱德华·莱西先生找你。"

"好的。"他无精打采地应声。老人莱西——马瑟还算认识他。一个失意的人物——八十年代风光过,而现在已沦为市里的失败者之一。他想象不出莱西能来干什么,除非是来请求帮助。

"下午好,马瑟先生。"

一个身材瘦小、表情严肃、头发灰白的人站在门槛上。马瑟站起来,有礼貌地迎上去。

"马瑟先生,你忙吗?"

"嗯,不特忙。"他稍稍加重了那个"特"字。

莱西先生坐下来,显然很不自在。他把帽子放在手里,紧紧抓住它,开始说话。

"马瑟先生,如果你能匀出五分钟,我准备跟你说件事——一件我觉得有必要由我来告诉你的事。"

马瑟点头同意。他的本能告诉他老人多半是来请求帮忙的,但是他十分疲劳,于是带着倦意用手撑住下巴,表示愿意从他更紧迫需要关注的事情中分出一点时间和精力来听他说事。

"你知道,"莱西接着说——马瑟注意到他抓着帽子的手指在颤抖——"远在1884年,那时你父亲和我是非常好的朋友。你无疑听他说到过我。"

马瑟点点头。

"我被请去作为扶柩人之一。我们曾经关系——非常亲密。

正由于此我现在才来找你。我生平从未像我现在来找你这样找过其他任何人，马瑟先生——去找过一个陌生人。但是随着你慢慢变老，你的朋友去世了，或者搬迁了，或者由于误会跟你分离了。你的孩子也会去世，除非你非常幸运，在他们之前先归天了——否则你很快就会成为孤寡一人，没有什么朋友。你孤独无援。"他黯然一笑。他的手此时颤抖得更厉害了。

"有一次，大约四十来年前，你父亲来找我，向我要一千元钱。我比他年纪大几岁，虽然我对他了解不多，但是我很欣赏他。那个时候那是很大一笔钱，他又没有什么东西作抵押——他什么也没有，只是脑子里有一个计划——但是我喜欢他的深邃目光——恕我冒昧地说你的目光跟他一模一样——所以我没有要抵押就给了他那笔钱。"

莱西先生停了下来。

"没有要抵押，"他重复了一遍，"那个时候我承担得起。我没有因此吃亏。还不到那年年底，他就以百分之六的利息连本带息还清了。"

马瑟低头瞧着他的记事本，用铅笔勾画出一连串三角形。他知道下面会发生什么，他的肌肉为之一紧，他正在为他必须做出的拒绝结集起力量。

"我现在是一个垂暮老人，马瑟先生，"他的破嗓子继续发声，"我成了一个失败者——我是一个失败者——只是我们无需深究它了。我有一个女儿，至今未婚，跟我住在一起。她做速记工作，一直待我很好。我们住在一起，你知道，在塞尔比

大街上 —— 我们有一套公寓，挺不错的公寓。"

老人哆哆嗦嗦地叹了口气。他试图 —— 同时有点害怕 —— 说出他的要求。似乎是有关保险的。他有一张一万元的保险单。他用它借钱到了极限。除非他能筹集到四百五十元，否则他就会失去全部保险费。他和他女儿两人大约有七十五元。他们没有朋友 —— 他已解释过了 —— 他们发现他们不可能筹集到这笔钱。

马瑟无法再听下去这个悲惨的故事。他也拿不出这笔钱给他，但是他至少可以减轻一下这位老人求助的痛苦，身心备受煎熬的痛苦。

"非常抱歉，莱西先生，"他中断了一下，说得尽可能温存一些，"但是我不能借给你那笔钱。"

"不？"老人呆呆地望着他，不停地眨动他那双黯然无光的眼睛，它们对一切打击都失去了知觉，似乎除了无尽的忧虑之外，再也流露不出什么别的情感。他表情的唯一变化是他的嘴慢慢地张开了。

马瑟的眼睛坚定地盯看着他的记事本。

"我们过几个月要添小孩了，我一直在为这事积蓄钱。当下从我妻子那里取走任何东西对她 —— 或者对小孩都是不公平的。"

他的声音变成喃喃自语。他发现自己正在使用老生常谈的那一套，诉说生意如何不景气 —— 自然得令人反感。

莱西先生没有争辩。他站起来，看不到有一丝一毫失望的迹象，只是他的手仍在不停地颤抖，这使马瑟有些担心。老人表示抱歉——他很遗憾在这样的一个时候打扰了他。也许会出现某种转机。他曾想过如果马瑟先生正巧有一笔意外的好生意——嗯，这位年轻人也许是他该去找的人，因为他是他老朋友的儿子。

在他离开办公室时，他打不开外面的门。克兰茜小姐帮他开了门。他不悦地走在走廊上，步履蹒跚，目光黯然，不停地眨眼，嘴巴仍半张着。

吉姆·马瑟站在桌子旁，一只手蒙在脸上，突然全身发抖，仿佛他感到很冷。但是外面五点钟时的空气却似在热带的正午一样十分酷热。

四

一个小时后，黄昏时的气温仍很高，马瑟站在街角上等候无轨电车。电车到他家的路程需二十五分钟，他买了份包着粉色封面的报纸来打消他心头的无聊。最近生活似乎少了些愉悦，少了些色彩。也许他对世道有了更多了解——也许生活的色彩随着匆匆逝去的岁月渐渐烟消云散。

譬如，此前从未发生过如这个下午那样的情况。他难以驱走那个老人的阴影。他想象老人冒着令人困乏的炎热悻悻然回家去——为了省下车钱，也许是徒步走回去的——打开一套小公寓的门，热气扑面，然后他向女儿坦言，他朋友的儿子无力解救他。他们整个晚上无助地盘算，直至互说晚安去就寝——命运使父女俩在这世上孤苦伶仃，相依为命——彻夜无眠，各自苦守空床。

马瑟上了电车，在前门附近找到了一个座位，邻座是一位老妇人，瞧了他一眼，勉强挪动了一下身位。车到了下一个街区，从百货购物区出来的一帮女孩子涌进了车厢的过道，马瑟打开报纸阅读。近来他不再像以往习惯给人让座。杰奎琳是对的——一般的年轻女孩是能够像他一样站立的。他一味给别人让座很傻，只是一个姿态而已。现今在十来个妇人中都不会有一个开口对他说声谢谢。

车里热得让人透不过气来，他抹去额头上的汗水。现在过道里挤得水泄不通，站在他座位旁的一个妇女在车转弯时碰撞上了他的肩膀。车厢里的空气因为不能流动变得又热又浑浊，马瑟深深地吸了一口气，试图集中注意力看报纸体育版版面上端的一幅卡通画。

"请往车厢里面走！"售票员沙哑又显得有些烦躁的声音穿过密不通风的人群，"前面有空哪！"

人群尝试往前移动，但是不幸的事实是没有空间可给往前移动带来明显的成功。车子又打了个转弯，马瑟身边的女人一晃又撞到他肩膀上。通常情况下，他会让出座位，以免这位撞他的人再来提醒自己她在那里。这使他感到自己如此冷漠无情，心存内疚。这条线路太糟糕了——太糟糕了。公司应该在这些汗流浃背的日子里多投放一些车辆到这条线路上。

他第五次阅读报上的连环画。在第二张图上有一个乞丐，莱西老人颤颤巍巍的形象硬是顶替了乞丐的位置。天哪！设想这个

老人真的饿死了 —— 设想他投河自尽了。

"以前，"马瑟想，"他帮过我父亲。或许，如果他当初没有帮助，那么我自己的生活将与现在的生活完全不同。但是那时莱西能够承担得起，如今我却不能。"

为了强行把莱西老人的形象清除出去，马瑟努力去想杰奎琳。他对自己一遍又一遍地说，他怎么会为了一个落魄的人牺牲杰奎琳，一个曾有过机会而失败的人。而杰奎琳现在比以往任何时候都需要得到保障。

马瑟看了一下手表。他在车上已有十分钟了。到家还有十五分钟路程，车厢里的温度还在飙升，让人透不过气来。那个妇女再次晃到他身上，他两眼望着窗外看到车子已到了市中心的最后一个拐角。

他想他也许终究该把座位让给她 —— 她最后一次向他摇晃过来是因她特别累而支撑不住了。如果他确定她是一个上了年纪的人……不过她的衣服在擦过他的手时，衣服的质料给他的印象是她多少还是个年轻姑娘。他不敢抬起头来看一眼。他害怕如果她是个老妇人，从她的眼睛里会流露出恳求的目光；如果她是个年轻女子，或许会流露出强烈的蔑视。

在尔后的五分钟里，他的脑子一直乱作一团，不停地思考现在对他来说的那个大问题，即是不是要给她让座。他隐约地感到那样做会部分地为他那天下午拒绝莱西先生的请求赎罪。在这样一天里，要连续做两件冷酷无情的事，实在是太糟糕了。

他试图再次通过阅读卡通画转移思绪，但是徒劳无效。他必须把思想集中在杰奎琳身上。他现在疲惫不堪，如果他站起来让座，就会更累。杰奎琳在等待他，需要他。她会情绪低落，她会在晚饭后要他安静地把她抱在怀里长达一个小时。他累的时候，这是个相当大的负担。然后到上床就寝时，她会一次又一次要他去拿药或冰水。在做这些事情时他不喜欢表现出任何困倦的样子。一旦被她发觉到，就算她需要什么东西，她也会克制自己的要求。

车上过道里的女孩再一次在摇晃时撞到他身上——这一次她身子支不住更往下沉。她也很疲劳。哎，工作确实让人筋疲力尽。许多有关艰辛劳作和漫长时光的成语只字片语地浮现在他脑际。世上的每个人都很累——譬如这个女人，她累得身子不断往下沉，如此疲劳，如此奇怪地倚靠到他身上。但是他的家是第一位的，他心上的姑娘正在那里等着他。他必须为她保持力量，他反复对自己说他不给这个女人让座。

然后他听到一声长长的叹息，接着突然一声喊叫，他发现那个姑娘不再倚靠在他身上。这声呼喊随之引发出众多嘈杂的声音——然后平息了一下——然后嘈杂声再起，在车厢里扩散，大呼小叫传到了售票员耳里。铃声猛响，酷热的车子立刻停了下来。

"姑娘在这儿晕倒了！"

"热得她受不了了！"

"直挺挺地摔下去了！"

"你们，往后退，让出通道！"

人群往两边退去。前面的乘客不得不往后挤，站在后面平台上的乘客暂时下了车。人们凑在一起，七嘴八舌地说起话来，纷纷表达着自己的好奇抑或怜悯。有的想来帮助，却挡了道。车上的铃声响起，也再次引起一片嘈杂声。

"把她扶出去就好了嘛！"

"哎哟！你没看到吗？"

"该死的电车公司应该——"

"你看没看到搀扶她出来的那个人？那人脸色也苍白得像个鬼。"

"是的，你听没听到——？"

"什么？"

"那家伙。那个搀扶她出来脸色苍白的家伙。他就坐在她旁边——他说她是他的妻子！"

屋子里静悄悄。一阵微风把游廊上面葡萄藤的深色叶子往后吹去，从而使浅黄色的月光穿过廊架，投射成一道道光影落在下面的藤椅上。杰奎琳安详地在长椅子上休息，她的头枕放在他的手臂里。过了一会儿，她懒洋洋地动了动身子，往上伸手轻拍他的面颊。

"我想现在就去睡觉了。我好困倦。你能扶我上楼去吗？"

他抱她上床，然后把她安靠在枕头上。

"我过一会来陪你。"他温柔地说，"你能不能等我一下？"

他进到亮着灯的起居室，她听到他在翻电话本；接着他拨了一个电话号码。

"喂，是莱西先生吗？嗯——是的，这事相当重要——要是他还没睡的话。"

停顿了一会儿。杰奎琳可以听到麻雀飞过木兰树时拍打树叶的声音，它们不停地在上空飞来飞去。接着传来她丈夫打电话的声音：

"是莱西先生吗？噢，我是马瑟。喂——喂，要跟你说今天下午我们谈的那事，我想我最终能够把它解决了。"他提高了一些嗓门，仿佛电话那一端的那个人听不清，"我说，我是詹姆斯·马瑟的儿子——有关今日下午谈的那件小事情……"

明 智 之 举

一

  在美国的午餐时分，年轻的乔治·奥凯利将他的办公桌收拾干净，从容不迫，不慌不忙，还装出一副兴致勃勃的样子。办公室里的人不该知道他当下心急如焚，忙作一团，因为事情的成功与氛围关系重大，大可不必告知众人你的心早已在千里之外，不在工作上了。

  但是，当他一走出办公大楼，他便咬紧牙关，狂奔起来，还不时向着正午时分的时代广场张望。广场上洋溢着早春的欢乐气氛，在人们的头顶上低回荡漾。人们都微仰起头，深深地呼吸着三月的空气，阳光令人目眩，所以大家看不清彼此，只能看到天空里自己的影像。

  乔治·奥凯利的心早已在千里之外，故而对户外的一切都不屑一顾，认为它们不堪入目。他冲进地铁，在车行九十五个街区的旅程中，他的眼睛一直痴呆地盯着车厢里的一张广告，广告生动而明确地告诉他，他的牙齿在十年内保持不变只有五分之一的概率。到了137号街，他中断了对商业艺术的研究。他下了地铁，又开始奔跑起来，不知疲劳地、焦急地跑回了家——他的家是个一居室，在一座又高又丑陋的公寓楼里，前不着村后不着店。

正是那封放在书桌上的信——一封用神圣的墨水在圣洁的信笺上写就的信——使乔治·奥凯利的心猛烈地跳动。如果人们侧耳聆听，全城都可以听见他的心跳声。他仔细察看着信上的标点符号、墨水的渍痕，以及信笺边缘留下的拇指指痕——随后他绝望地倒在床上。

他心乱如麻，他的这种令人焦头烂额的困境，在穷人的日常生活中是家常便饭，再普通不过了，就像猛禽一样时时紧随贫困而至。穷人的日子时起时伏，时沉时浮，但总在按他们的方式进行。可是，乔治·奥凯利对贫穷是那么陌生，以致如果有人拒不承认他目前的处境之艰辛，认为这并没有什么特别的，他一定会感到十分惊讶。

不到两年前，他以优异成绩从麻省理工学院毕业，在南方田纳西州的一家建筑工程公司里谋得了一个工程师的职位。他生活中考虑的全是隧道、摩天大厦、大坝，以及有三个塔楼的大桥。那种大桥像手牵手排列成行的舞蹈者，她们与城市里直插云霄的摩天大厦齐高，斜拉的钢索就像她们的衣裙。对于乔治·奥凯利来说，改天换地，使河道改流，使山脉换貌，是非常浪漫的事，因为这样就可以让生命在以前从未能扎根的古老而贫瘠的土地上繁衍生息。他热爱钢材，在他的梦中总有钢材在他身边陪伴，液钢、条钢、块钢、带钢、异型的塑性钢，都在等待着他，就像他手里的颜料和画布。他要用他那想象力的烈火把无穷无尽的钢材铸造得简朴又可爱……

当下他是一家保险公司的职员，周薪四十元，他的梦想也很快随之成了过眼烟云。这种糟糕的局面，可怕又无法忍受的局面，是一个一头乌发的小姑娘造成的。此时此刻她正在田纳西州的一个小城镇里等待他的消息。

十五分钟后，租给他房间的那个女房东怀着令人气恼的好心来敲他的门，问他是否需要为他准备午餐，因为见他待在家里。他摇了摇头，可是这个插曲使他打起了精神，他从床上一跃而起，急促地写了一封电报。

"来信使我沮丧难道你失去理智了吗你太任性心烦了便想分手为何不立即跟我结婚相信一切都会顺利——"

他心神不定地犹豫了一阵，然后又匆匆补上一句，字迹潦草得连他自己几乎都认不出来了："不管怎样我明天六点到达。"

他写完后跑出公寓，直奔在地铁站附近的电报局。他在世上的全部家当还不足一百元，可是从方才的信里可以看出她很"不安"，他别无选择。他知道"不安"是什么意思 —— 就是说她情绪很低落，想到结婚后要过一种贫穷艰辛的生活，这对她的爱情施加了无比巨大的压力。

乔治·奥凯利按他经常奔跑的习惯到达他工作的保险公司，奔跑几乎已成了他的第二天性，也是他生活紧张程度的最佳佐证。他直接去到经理办公室。

"钱伯斯先生，我有事找你。"他上气不接下气地说道。

"什么事？"他的一双眼睛以一种无情冷漠的神情瞪着他，就像冬天里的窗户一般死气沉沉。

"我想休假四天。"

"怎么，你两个星期前刚休假过！"钱伯斯先生惊讶地问。

"是的，"心烦意乱的年轻人承认，"可现在我急需再休一次。"

"你上次去了哪里？回老家了吧？"

"不是，我去了 —— 田纳西州的一个地方。"

"嗯，那你这次准备去哪里呢？"

"呃，这次我要去 —— 还是去田纳西州的一个地方。"

"你倒坚持不懈，始终如一。"经理干巴巴地说，"不过我没有想到把你雇来是做旅行推销员呀！"

"我并非那样，"乔治绝望地叫道，"可我一定要去。"

"好吧，"钱伯斯先生表示同意，"那你也就不必回来了，就此不要回来了。"

"我不会回来。"乔治的脸色因快乐而微微泛红，他的回答使钱伯斯先生和乔治本人都感到异常惊奇。他感觉幸福、激动 —— 六个月来他首次感到绝对的自由。感激的泪水差点夺眶而出，他热烈地紧握往钱伯斯先生的手。

"太感谢你啦，"他感情冲动地说，"我不想再回来了。我想如果你说我可以回来继续干，我一定会发疯的。你知道，我只是自己不能解雇自己，我要感谢你把我解雇了。"

他慷慨激昂地挥了挥手，高声说道："你还欠我三天的薪水，但是你就留着它吧！"然后，他冲出经理办公室。钱伯斯先生打铃叫来他的秘书，问他乔治·奥凯利最近是否行为失常。在他的职业生涯里，他曾经辞退过许多人，尽管各人对此的接受方式各不相同，可是没有一个人以感谢的方式来接受的 —— 绝无仅有！

二

乔可儿·卡里是那个姑娘的芳名，她看到他时，激动地沿着站台飞奔而来，此时乔治·奥凯利觉得他从未看见过如此清纯白皙的一张脸。她的双臂向他张开，嘴唇半开半闭等待他的亲吻，可是就在此时，她突然将他轻轻推开，带着一丝羞涩环顾四周。两个男生，他们比乔治略年轻一些，正站在他们两人身后。

"这是克雷多克先生和霍尔特先生，"她喜洋洋地说道，"你以前在这里见到过他们。"

由亲吻到介绍的这一转变，以及对其中含义的怀疑使乔治深感烦恼，而更使他迷惑不解的是，他发现要把他们送到乔可儿家去的那辆汽车竟属于那两个男生中的一个。这似乎把他置于一个很不利的位置。一路上乔可儿都在跟坐在前后座位上的人聊天。当他试图在暮色中用手臂搂住她时，她快速地拦住了他，代之让他握住她的一只手。

"这条街是通到你家去的吗？"他轻声问道，"我认不出来了。"

"这是条新建的林荫道。杰里今天刚拿到这辆车。他要在把我们送回家去前，让我先瞧瞧它。"

二十分钟后，车子停靠在乔可儿家门口。乔治发现他们相见时的那份最初的幸福感,以及他在站台上见到的她目光里那种确定无疑的喜悦,都被这次车程给搅得消失殆尽。他期待已久的东西被相当随意地丢弃了。当他向那两个小伙子态度生硬地道别时,他脑子里还在闷闷不乐地思索着这一切。随后,乔可儿在前厅昏暗的灯光下把他拉入她那熟悉的怀抱里,反反复复地向他表达自己的思念之情,而其中最让他受用的方式并非是通过言语表达的,此番下来他那郁闷的心情才得到了一些舒缓。她的深情让他释怀,让他忧心忡忡的心情得到了一些慰藉,向他保证一切都会顺利。

他们一起坐在沙发上,沉浸在彼此的陪伴之中,除了不时的爱抚亲热之外,忘却一切。晚餐时间乔可儿的父母出现了,见到乔治很高兴。他们喜欢他,一年多之前,他初次来到田纳西州时,他们对他从事的工程土建职业很感兴趣。在他放弃这份工作,决意前往纽约以便寻找到能快速致富的工作时,他们深表遗憾。不过,在他们感叹这份职业的不足之处时,他们也很同情他,准备认可小两口订婚。晚餐时,他们问询了他在纽约工作的进展。

"一切都很顺当,"他兴致勃勃地说道,"我被提升了——薪水也涨了。"

他在这么说时,心里很难受——不过皆大欢喜。

"他们一定很喜欢你,"卡里太太说,"这是毫无疑问的,否则他们不会让你三个星期内两次请假来这里。"

"我对他们说他们必须准我假,"乔治急忙解释,"我对他们说如果他们不准我假,我就不再给他们干了。"

"不过你应该积蓄些钱,"卡里太太温和地规劝,"不要把钱全花在昂贵的路费上。"

晚餐结束 —— 他和乔可儿单独留了下来,她又回到他的怀抱里。

"你来这里我太高兴了,"她一声叹息,"亲爱的,真希望你不再离开。"

"你想我吗?"

"哦,太想了,太想了。"

"是不是 —— 有其他男生常来看你?像那两个小男生?"

这个问题使她吃了一惊。她黑丝绒般的眼睛凝视着他。

"噢,当然了,他们常来,一直是这样。怎么 —— 我在信里告诉过你,最最亲爱的。"

确实如此 —— 他第一次来这座城市时,早已有十多个男生围着她转,对她曼妙纤弱的身材怀有青春期的崇拜之情,其中有些人还洞察到她那双美丽的眼睛既聪慧又和蔼。

"你是不是希望我永远不去别的地方?"乔可儿问,一边把身子往后靠到沙发垫上,直到她好像是在千里之外眺望他,"就这样双手抱在胸前静静地坐在这里 —— 直至永远?"

"你什么意思?"他慌张中脱口而出,"你是说你认为我永远挣不到足够的钱来娶你吗?"

"唉,乔治,不要这么快下结论嘛。"

"我不是草草下结论。那是你说的。"

乔治猛然觉察到他现在的处境不妙。他原先就无意让什么事来糟蹋这个夜晚。他试图再次将她抱入自己的怀里,但是出乎意料，她抵制了，并说：

"天好热。我去打开电扇。"

调试好电扇后，他们又坐了下来，可他此时的心态十分敏感，不由自主地掉入了他本打算要竭力避免的那种特殊境况之中。

"你什么时候嫁给我呢？"

"你已经为娶我做好准备了吗？"

他的神经一下子崩溃了，他猛地站起来。

"让我们关掉那该死的电扇，"他大声吼叫，"它把我吹疯了。它像一只时钟，嘀嘀嗒嗒把我跟你在一起的时间都带走了。我来这里是寻找快乐的，忘掉纽约的一切，忘掉时间。"

他像刚才骤然站起来一样，骤然一屁股坐到沙发上。乔可儿关掉了电扇，把他的头拽到她的膝盖上，开始抚摸他的头发。

"让我们这样坐着，"她温柔地说，"就这样静静地坐着，我哄你入睡。你太累了，太紧张了，你亲爱的人会照顾好你的。"

"但是我不想就这样坐着，"他抱怨道，猛地坐起来，"我不要，完全不要这样坐着。我要你亲吻我。只有那样我才能安息。再说，我并不紧张 —— 是你紧张，我一点也不紧张。"

为了证明他不紧张，他离开沙发，跑去坐到房间对面的一张摇椅上去。

"就在我准备要娶你的时候，你写给我那封最使人坐立不安的信，好像你要改弦易辙了，迫使我不得不急冲冲赶过来 ——"

"如果你不想来，你就不必过来呀。"

"但是我想来！"乔治坚定地说。

他似乎觉得自己非常冷静，说的话合情合理，而是她在故意搅乱事情。随着各人说的每一句话，两人的距离愈拉愈远——他无法制止住自己说话，或者不让自己吐露内心的忧虑和痛苦。

可是，不一会儿，乔可儿开始伤心地哭起来，他便回到沙发上，用手臂搂住她。现在他成了安慰者，把她的头拉靠在他的肩上，喃喃地说些老套的情话，直至她渐渐平静下来，只是在他手臂里间歇地抽动一下。在那里他们坐了一个多小时，夜晚的钢琴声把最后的乐章倾泻到外面的街上。乔治没有动弹，没有思考，没有希望，灾难的预感像催眠一般使他变得麻木不仁。时钟在嘀嗒嘀嗒走动，走过十一点，走过十二点，那时卡里太太会倚在楼梯的栏杆上轻柔地朝下面喊一声——在那之后，他看到的只是明天和绝望。

三

事情的爆发点在第二天的炎热中到来。他们各人都猜测到对方心中的真实想法，但是两人之中她更愿意承认现状。

"再这样继续下去没有什么用，"她痛苦地说，"你知道你不喜欢保险工作，所以你是绝不会干好的。"

"事情并非如此，"他固执地坚持己见，"我不喜欢孤独一人干下去。如果你嫁给我，跟我在一起，同甘共苦，那我什么事都能干好，要不然我会整天惦记在这里的你而一事无成。"

回答之前，她沉默了很久，倒不是在思考——因为她早已

看到了结局 —— 而只是等待时机,因为她知道她接下来要说的每一句话都比前一句话更残酷。最终她还是说了出来:

"乔治,我真心实意地爱你,我知道除了你我绝无可能爱上别的任何人。如果你两个月前做好了准备,我就已经嫁给你了 —— 可现在不可能了,因为它看来并非是个明智之举。"

他疯狂指控她 —— 肯定有第三者插足 —— 她有事情瞒着他。

"没有,没有别的人插足。"

确实如此。不过,为了应对这件事情带来的压力,她在跟像杰里·霍尔特那样的男生相处中找到一些解脱宽慰,而他们的优点就在于对她的生活不产生丝毫的影响。

乔治完全没有把握好局面。他紧紧搂住她,试图以强吻的方式要她立刻答应嫁给他。看到此法行不通,他开始滔滔不绝地做长篇独白,自艾自怜,博取同情,直至他觉察到他那样做,只是在她面前丢人现眼才停了下来。他无意要离开,却以离开来威胁,而当她告诉他离去终究是他最该做的事时,他又拒不离去。

她一会儿真心地向他表示歉意,一会儿她又似乎只是出于善心才好言安慰。

"你最好现在就走!"她最终大声吼叫,声音响得使卡里太太惊慌得跑下楼来。

"出了什么事?"

"我要走了,卡里太太。"乔治哽咽着说。乔可儿此时已离开了房间。

"乔治，不要太难过。"卡里太太既无能为力，又深表同情地对他眨了眨眼——深表遗憾，而同时又庆幸这场小小的悲剧终于就要结束了，"如果我是你，我就回家去跟你母亲待上一个多星期。或许这毕竟是明智之举……"

"请你不要说了，"他高声说，"请你现在什么也不要对我说！"

乔可儿又回到了房间里来，她的悲伤和紧张情绪统统隐藏在脂粉、口红和帽子之下。

"我已经叫好了出租车，"她不动声色地说，"在你上火车之前我们还可以兜一圈。"

她走到外面的前廊上。乔治穿上大衣戴上帽子，疲惫地在门厅里站了一会儿——他离开纽约以来，几乎没有吃什么东西。卡里太太走过来，把他的头拉下来，在他的面颊上吻了一下，他感到非常可笑也非常无力，因为他知道最后的一幕总是既可笑又无力的。如果他昨天晚上走掉就好了——他带着体面和骄傲向她做最后的告别。

出租车来了，这两个曾经的情侣在人迹稀少的街道上转悠了一个小时。他握着她的手，在阳光下渐渐平静了下来，心里明白现在一切都为时已晚，做什么或说什么都无济于事。

"我会回来的。"他对她说。

"我知道你会的，"她回答道，试图在她的声音里添上几分快乐和信心，"我们还会互相写信——有的时候。"

"不，"他说，"我们不会通信。我受不了。有一天我会回来。"

"我永远不会忘记你，乔治。"

他们到了车站，她伴着他一起去买车票。

"喂，乔治·奥凯利和乔可儿·卡里！"

那是乔治过去在这城里上班时认识的一对男女，乔可儿见到他们似乎舒了一口气。他们站在那里没完没了地聊了五分钟，然后火车呼啸着开进了站台。乔治脸上挂着难以掩饰的痛苦，向乔可儿张开双臂。她犹豫地向他移了一步，然后快速地握了一下他的手，就好像向一个偶然遇到的朋友道别。

"再见，乔治，"她说，"祝你一路平安。"

"再见，乔治。再回来见见我们大家。"

乔治提起手提箱，四肢麻木，痛苦得两眼昏花，迈着蹒跚的步子登上了火车。

火车哐当哐当穿过一个个市区街道的道口，渐渐加速越过开阔的市郊，迎着落日驰去。也许她也会看到那落日，驻足片刻，转过身子，回味当初，然后随着她的酣睡，他黯然消失，一切皆成过去。这个夜晚的暮色将永远笼罩住那太阳、树木、鲜花，以及他青春年华的欢笑。

四

第二年九月，一个潮湿的下午，一个年轻人，脸庞被晒成古铜色，油光锃亮，在田纳西州的一个城市下了火车。他忧心忡忡地环顾四周，发现没有人来车站迎接他，他看上去为此松了一口气。他乘出租车去到本城最豪华的一家酒店，在那里他得意扬扬地填报了自己的身份：乔治·奥凯利，来自秘鲁库斯科。

上楼进了他在酒店里订的房间，坐了几分钟，凭窗俯身看了看下面熟悉的街道。然后他用微微颤抖的手拿起电话机的听筒，拨了一个号码。

"乔可儿小姐在吗？"

"我就是。"

"噢——"他的声音在克制住了轻微的颤动之后，用一种友好而正式的口吻说话。

"我是乔治·奥凯利。你收到我的信了吗？"

"收到了。我想你今天就会到了。"

她冰冷的声音使他有些烦恼，但自己内心的波动却没有他之前预想的那么剧烈。这是一个陌生人的声音，平静地说了句客套话：很高兴见到你——仅此而已。他真想挂掉电话，让自己喘口气。

"我很久——没有见到你了。"他成功地让自己说的话听起来自然些，"一年多了。"

实际上，他清楚有多久——可以精准到多少天。

"太好了，又可以跟你说话了。"

"我大约一小时以后到你那里。"

他挂上电话。在过去漫长的四季里，他闲暇的分分秒秒都在期待着这个时刻，现在这一时刻终于来到了。他曾想到过，也许她已经结婚了，或者订婚了，或者正在恋爱——他却没有想到她会对他的归来如此冷漠。

他感到在他生命里不可能再有像他刚经历过那样的十个月了。对于一个年轻的工程师而言，他显示出了被公认的杰出才华——他碰上了两个不寻常的机遇：一个是他去了秘鲁，现在刚从那里回来；另一个是前者的后果，在纽约，他立即要前去那里。在这段短短的时间里，他从贫困中一跃而起，谋得了一个前途无量的职位。

他在梳妆台的镜子里照看了一下自己。他皮肤晒得几乎发黑了，但黑得挺浪漫。上个星期，他终于有了点闲暇时间欣赏起自己的肤色，它给了他相当大的愉悦。他对自己粗壮的体格也倍加欣赏。不知怎么地，他失去了一段眉毛，膝盖上还缠着有弹性的绷带，可他毕竟年轻，不免注意到邮轮上有许多女士还是向他投来了倾慕的目光，流露出非同寻常的兴趣。

当然，他的服装真够吓人的，他身上的这套行头是利马的一个裁缝师傅给他做的——只用了两天时间。他也是太年轻了，竟然在给乔可儿那封简短的信里把这个男装裁缝师傅的缺陷数落了一通。除此之外，信里包含的唯一细节是他请求她不要到车站来接他。

来自秘鲁库斯科的乔治·奥凯利，在宾馆里等了一个半小时，一直等到正午，确切地说，是太阳爬上了天空正中间位置的时候。然后，他剃净胡须，再给脸上施了点粉，这样看起来更像个白种人——在最后时刻还是虚荣心战胜了追求浪漫的心理。他叫了一辆出租车，出发前往他十分熟悉的那栋房子。

他喘着粗气——他自己觉察到了这一点,但是他对自己说这是出于激动,并非出于感情。他重返这里,她没有结婚——这就足够了。他甚至不知道该向她说些什么。不过,这是他生命中不可多得的时刻,他感到他至少可以应付自如,处之泰然。若不是为了一个心仪的姑娘,衣锦还乡也没有什么意义可言。如果他没有能将他的战利品放在她的脚下,他至少可以在她眼前手捧这些东西,让她看上一眼。

那栋房子突然出现在他身边。他脑子里首先出现的想法是:这只是一个奇妙的幻觉。一切如旧——可又一切都变了。它看上去变小了些,比以前显得更寒碜了些——没有魔幻般的云彩在它的屋顶上空徜徉,也没有从它顶层的窗户里散出。他按响了门铃,一个陌生的黑人女佣出来,对他说乔可儿小姐一会儿就下来,他紧张地湿了湿嘴唇,走进客厅——虚幻的感觉更加强烈了。他终于明白这不过是一间房间,不是那个施了魔术的房间,那个他曾在那里度过了令他心酸时光的房间。他坐进了一张椅子,惊奇地发现这是一张实实在在的椅子,意识到他的想象力已经把这些熟悉的、普通的东西改变了形状和颜色。

此时,房门打开了,乔可儿来到这个房间——他眼前的一切仿佛都变得模糊不清。他几乎忘了她是多么美丽,他觉得他的脸色变得苍白了,声音在喉咙里萎缩成一声可怜的叹息。

她穿着一身淡绿色的衣裳,头背后一条金色的丝带系结在她笔直的黑发上,像是一顶王冠。在她走进门时,她那双熟悉的丝绒般的黑眼睛对上了他的眼睛,那曾令他痛心疾首的艳丽让他为之一惊，全身抽起一阵痉挛。

他对她说了声，"你好！"然后两人都向前走了几步，握了握手。之后他们便在两张隔得远远的椅子上坐下，隔着房间遥望着对方。

"你回来了。"她说。他同样平淡地回答："我路经这里，停留一下看看你。"

他试图眼望别处，躲开她的脸，以此来缓解他声音里的颤动。他觉得他义不容辞该先开口，打破僵局，但是除非他立即开始自我吹嘘一番之外，似乎没有别的什么话题可说。在他们以前的关系中从未有过随意的东西可聊——在当前的这种局面下聊聊天气好像也不太可能。

"说来可笑，"在尴尬中他突然脱口而出，"我不知道究竟该做什么。我来这里是不是打扰你了？"

"不。"这个回答既克制谨慎又冷漠伤怀，使他倍感沮丧。

"你订婚了吗？"他问道。

"没有。"

"你跟人在谈恋爱？"

她摇摇头。

"噢。"他身子靠到椅背上。又一个话题说完了——这次会见看来完全没有按他的意图进行。

"乔可儿，"他再次开腔，这次采用较为温柔的语气，"尽管在我们之间发生了那些事，我还是要回来看看你。我今后不管怎么样，我绝不会像我爱你那样爱别的姑娘。"

这是他彩排过的台词之一。在邮轮上,他觉得这么说听上去还非常恰当——既提到了他以往一贯对她的温情厚爱,又含糊了他当前的心态。可是现在这里,过去围绕着他,就在他的身边,随着时间分分秒秒的过去,气氛愈来愈沉重,充满了陈腐的戏剧性味道。

她一言不发,不置评说,一动不动地坐着,眼睛盯着他,脸上的表情也许可以说明一切,但也许毫无意义。

"你不再爱我了,是吗?"他以一种平直的声音问道。

"不。"

过了一会儿,卡里太太走了进来,说了些恭维他成功的话——当地的报纸曾用半个版面报道过他——他此时百感交集,五味杂陈。他知道他还是喜欢这个姑娘,并且他知道有时候时光会倒转——这就是事情的全部。余下的,他必须坚持不懈,谨慎从事,拭目以待。

"走吧,"卡里太太说,"我要带你们俩去看一位夫人,她养了好多菊花。她特别对我说她想见见你,因为她在报上读到过你的事迹。"

他们去看那位种养菊花的夫人。他们走在街上,乔治兴奋地发现,她短促的脚步常常落到他自己的脚步中间来。这位夫人是个和蔼可亲的人,她养的菊花品种繁多,鲜艳夺目。夫人的花园里真正是花团锦簇,白色的、粉色的和黄色的花朵,争妍斗艳,身处花丛之中,犹如回到了仲夏。她有两个茂盛的花园,中间有一扇门,在他们漫步到第二个花园时,夫人率先穿过了这道门。

这时发生了一件有趣的事。乔治走到一边好让乔可儿过去，但是她却不走，站住了，向他注视了片刻。这时他们面面相觑，这不是一般的对视，脸上没有笑容，寂静无声，双方都吸了一口气，短小而稍微急促，然后他们便进到第二个花园里去。仅此而已。

下午渐渐消逝。他们向夫人道谢后，慢慢地，若有所思地，肩并肩走回家。整个晚餐他们也没有互相说话。乔治向卡里先生讲述了在南美洲的一些见闻逸事，设法让大家知道他将一帆风顺驶向未来。

晚餐过后，他和乔可儿单独留在那间房里，这里见证了他们恋爱的始末。对他来说这似乎是非常遥远的事，其痛苦也难以言表。就在他坐着的那张沙发上他曾经感受到的那种绞心之痛与哀伤，以后再也不会再感受到了。他绝不会再如此虚弱，如此疲惫，如此可怜和如此穷困潦倒了。然而他知道十五个月前的那个小伙子曾有过信任与温情，现在都一去不复返了。明智之举——他们做出了明智的决定。他已将自己的青春年华转换成力量，在绝望中铸造了成功。但是，生活带走了他爱情的清纯，同时也带走了他的青春岁月。

"你不会嫁给我了，是吗？"他平静地问。

乔可儿摇了摇她一头黑发的脑袋。

"我这辈子不会结婚了。"她答道。

他点点头。

"我明天上午去华盛顿。"他说。

"噢 ——"

"我得走。我得搭头班车去纽约，途中在华盛顿停一下。"

"出差！"

"不 —— 不，"他说得似乎有点勉强，"我一定要去那儿见一个人，在我 —— 穷困潦倒的时候那个人待我特别好。"

他是瞎编的。在华盛顿他没有人要见 —— 此时他正在细心观察乔可儿，他确信她皱了下眉，然后她闭上眼，又睁大眼睛。

"不过，在我走之前我要把上次见到你以来的事情告诉你。因为也许以后我们再也不会见面了。我想知道，是不是就这一次你还像过去那样愿意坐到我的腿上来。要不是现在 —— 还 —— 没有别的人，我是不会提出这个要求的 —— 也许这没有关系吧。"

她点点头，接着她便像在那个逝去的春天里经常做的那样坐到他的膝上。她的头靠在他肩上的感觉，还有她熟悉的身体，一阵强烈的感情向他全身袭来。他搂着她的双臂蠢蠢欲动，使劲抱住她，于是他身子往后靠去，开始若有所思地侃侃而谈。

他向她讲述了自己在纽约凄楚欲绝的两周生活，还好最后在泽西城的一家建筑公司谋到了一份工作，虽收入不高，但工作还算吸引人。派去秘鲁的那份差使开始看上去并不算是个特好的机遇。他是团队里的第三助理工程师。不过，他们这个美国团队中最终到达库斯科的只剩下了十个人，包括八个标尺员和测量员。十天后，他们的领队也死于黄热病。他的机会来了，只有傻瓜才抓不住的机会，一个天大的好机会 ——

"只有傻瓜才抓不住的机会？"她天真地打断他的话。

"连傻瓜也能抓得住的。"他接着说,"绝佳的机会!于是,我发电报给纽约——"

"就这样,"她再次打断他的话,"他们回电说你应该抓住机会?"

"应该!"他喊道,身子依然往后靠,"是必须。时不我待——"

"一分钟也不行吗?"

"一分钟也不行。"

"甚至没有时间对——"

"对什么?"

"瞧一眼!"

他突然向前低下头,同时她也把身子朝他靠近,她的嘴唇像花朵一样微微张开。

"是的,"他对着她的嘴唇低声说,"在世上有的是时间——"

世上有的是时间——他的生命和她的生命。但是在他吻她的一瞬间,他知道就算他搜遍永恒的宇宙,也绝不可能找回那些丧失的四月时光。此刻他可以紧紧地抱住她,直至他的胳膊上的肌肉发僵发麻——她是富有魅力的、难能可贵的,他曾为之全力拼搏,曾经拥有过——但再也不会有在暮色中的窃窃私语和在夜色微风中的绵绵情话……

哎,他在冥冥中思索,让一切都过去吧;四月已逝,四月已逝。人间有千千万万种爱,但同一种爱绝不会重来。

格蕾欣的昏睡*

一

风起,凋落的树叶刮擦着人行道,隔壁邻居家那个调皮的男孩把舌头冻在了铁皮信箱上。入夜之前肯定要下雪。秋天过去了。当然,随之而来的是烧煤的问题,还有圣诞节的问题。可是罗杰·哈尔西站在自家的门廊上,对着死气沉沉的郊外天空自言自语,说他没有时间为天气操心。然后他急促地走进了屋子,把这个烦心事儿留给了寒冷的黄昏,拒之于门外。

厅道里一片漆黑,只听到从楼上传来他妻子、保姆和孩子的声音,在他们喋喋不休的对话里,听到的主要词语是"不,不!""小心,马克西!""哦,他跑到那里去了!"中间穿插着厉声的吼叫、模糊的磕碰声,以及反复出现的一双小脚跌跌撞撞的脚步声。

---

* 本篇小说原题目"Gretchen's Forty Winks"(格蕾欣眨眼四十下),"forty winks"(眨眼四十下)原是美国英语中的俗语,意谓小睡、小憩。这里是医生给女主人公格蕾欣的劝告,好好休息。实际上,格蕾欣因喝了丈夫给她下了药的咖啡昏睡了一天。

罗杰打开厅道里的灯,走到客厅,打开红绸灯罩的台灯,把他鼓鼓囊囊的公文包放在桌子上。坐下后他一手捂住那张年轻而紧张的脸,小心地遮住灯光,不使它直射到他眼睛,待了几分钟。接着他点上一支烟,随即又把烟掐灭了,走到楼梯底下,呼叫他妻子。

"格蕾欣!"

"哈罗,亲爱的。"她的声音里充满了笑意,"上来,看看小宝宝。"

他轻声骂了一句。

"我现在没时间,"他大声说,"你过多久才能下来?"

一阵不知缘由的沉默,然后又是一连串的"不,不"和"小心,小心,马克西",显然是在力避某种危险的发生。

"你过多久才能下来?"罗杰再次发问,显得有点不耐烦。

"噢,马上下来。"

"马上是多久?"他高声喊叫。

每天这个时候他总要很费劲地调整自己的说话方式,从城市里急促的节奏调整到模范家庭里舒缓而随意的声调。但是他今晚是存心要显得很不耐烦。在格蕾欣三步并作两步跑下楼梯,嘴里以相当惊讶的声音问"出了什么事?"时,他几乎感到有些失望了。

他们相拥亲吻 —— 延续了一会儿。他们已经结婚三年了,但是仍然相亲相爱,犹如新婚。他们很少怨恨对方,没有年轻夫妇有时会闹出的那种激烈的怨恨,因为罗杰仍然对她的美丽欣赏不已。

"到这边来,"他突然说,"我要跟你谈谈。"

他妻子容光焕发,一头橘红色的秀发,如法国的布娃娃一样,生气勃勃。她跟着他进了客厅。

"听着,格蕾欣 ——"他在长沙发的一端坐下,"从今晚开始我要 —— 有什么事?"

"没什么。我只是找支香烟。继续说吧!"

她屏住呼吸,踮着脚回到沙发旁,坐在长沙发的另一端。

"格蕾欣 ——"他再次中断讲话。她的手,手掌朝上,向他伸去。"哎,什么事?"他粗暴地发问。

"火柴。"

"什么?"

让人难以置信的是在他如此不耐烦之时,她竟问他要火柴,不过他还是自动地从口袋里摸了出来。

"谢谢你,"她低声说,"我无意要打断你,说下去。"

"格蕾欣 ——"

咔嚓一声,火柴点燃了。他们紧张地对视了一下。

这次她那双幼鹿般的眼睛默默表示歉意,他置之一笑。她毕竟仅仅点了支烟而已;但是在他情绪像现在这样烦躁的时候,她再微小的行为都会使他十分恼火。

"如果你有时间听我说话,"他气呼呼地说,"那么你也许有兴趣跟我讨论济贫院的问题。"

"什么济贫院?"她的眼睛睁得大大的,一脸惊讶;她像一只小老鼠似的乖乖地坐着。

"我这么说只是要吸引你的注意力。不过，从今晚开始，我将开启我生命中或许最重要的六个星期——这六个星期将决定我们是否会永远待在这个破烂的郊区小镇里，待在这个破烂的小房子里。"

格蕾欣的黑色眼睛从惊恐转化为厌倦。她是一个南方姑娘，任何有关在世上如何进取成功的话题永远会使她感到头痛。

"六个月前，我离开了纽约印刷公司，"罗杰一本正经地说，"自己投身广告行业。"

"我知道，"格蕾欣愤愤地插话道，"所以我们没有了六百元的稳定收入，而要靠不保证拿到的五百元过日子。"

"格蕾欣，"罗杰厉声说道，"如果你能对我有信心的话，再等六个星期，我们就会富裕起来。我现在得到了一个机会，去赢得几个国内最大的客户。"他迟疑了一会儿，"在这六个星期里，我们什么地方都不去，也不请什么人到家里来。我每晚都把工作带回家来做，我们把所有的窗帘都拉下来，有人按门铃，我们一律都不理睬。"

他轻松地笑起来，好像他们要玩一个新游戏。然后，因为格蕾欣默不作声，他的笑容也随之消失，他疑惑不决地望着她。

"嗯，怎么回事？"她终于开口了，"你希望我跳起来，欢声歌唱吗？你现在干的活儿就够多了。要是你试图揽更多的活儿，那你身体定会垮掉，患上神经衰弱。我读到过一篇——"

"不要为我担心，"他打断她的话，"我没事，只是苦了你，每天晚上得坐在这里，闷得要死。"

"不会，我不会的，"她没有自信地说，"只是今晚不行。"

"今晚怎么啦？"

"乔治·汤普金斯邀我们一起去吃晚饭。"

"你答应了？"

"我当然答应了，"她不耐烦地说，"为什么不呢？你总是说这里的邻居多么糟糕，所以我想你也许乐意换一个好一点的地方。"

"我去到一个好地方，我就要一辈子住在那里。"他阴沉地说道。

"那么，我们可以去吗？"

"我想既然你已答应了，我们只得去了。"

他感到有点烦恼，这场谈话就此草草结束。格蕾欣跳起来，快速吻了他一下，跑进厨房点火烧水，准备洗澡。他叹了一口气，小心地把公文包放到书柜的背后——实际上公文包里面只是一些制作广告用的草稿和设计图纸。但对于他来说，这些东西是入室来抢劫的强盗的第一目标。随后，他心不在焉地上了楼，跑进育儿室，给小宝宝一个随意而湿乎乎的吻后，开始为自己赴约打扮起来。

他们没有小汽车，所以乔治·汤普金斯六点半开车来接他们。汤普金斯是个室内装潢业的成功人士，身材魁梧，脸色红润，蓄着漂亮的胡须，身上散发着浓郁的茉莉花香。他和罗杰曾在纽约的一座寄宿公寓里是隔壁邻居，不过在过去的五年里他们的交往并不多。

"我们应该多来往，"当晚他对罗杰说，"老弟，你应该更经常出来走走。来杯鸡尾酒，好吗？"

"不用，谢谢。"

"不用？嗯，你那美女妻子呢——格蕾欣，你不用吗？"

"我很喜欢这幢房子。"她感叹道。她接过酒杯，以钦羡的目光看着轮船的模型、殖民时期的威士忌酒瓶，以及1925年时髦的各种摆设品。

"我很喜欢这里，"汤普金斯带着自我陶醉的口气说，"我这样装修是取悦我自己，我很满意。"

罗杰脸色阴沉地环视了一下这个平庸而呆板的房间，心想他们是不是误入了厨房。

"罗杰，你的脸色很难看，"主人说道，"来一杯鸡尾酒，振作起精神来。"

"来一杯吧！"格蕾欣敦促他。

"什么？"罗杰心不在焉地转过身来，"噢，谢谢，不用了，我回家后还得要工作。"

"工作！"汤普金斯笑道，"听我说，罗杰，你这样会给工作累死的。你怎么不使自己的生活平衡一下，有劳有逸？"

"我也对他这么说。"格蕾欣说。

"你知道一般的上班族是怎么打发一天的吗？"在他们走去餐厅吃晚饭时，汤普金斯问道，"早晨一杯咖啡，接连八小时工作，中间穿插一顿匆忙的午餐，然后带着闹肚子和坏脾气回家，送给老婆一个大大的愉快夜晚。"

罗杰一笑了之。

"你电影看得太多了。"罗杰干巴巴地说。

"你说什么？"汤普金斯带着厌烦的神色瞧了他一眼，"电影？我一辈子难得去看一次电影。我认为电影都很差劲。我对生活的看法都来自我自己的观察。我信奉要过一种平衡的生活。"

"那怎么说？"罗杰问道。

"呃——"他迟疑了一下，"也许最好的办法是向你描述一下我自己的一天。那是不是太自以为是了？"

"哎，不！"格蕾欣看了他一下，表现出很感兴趣，"我很想听你说。"

"好吧，我一早起来，要做一系列的锻炼。我有一间房间装修成了一个小小的健身房。我用沙袋练拳，练习太极拳和负重训练，约一个小时。然后洗上个冷水澡——那感觉特棒。你每天洗冷水澡吗？"

"不，"罗杰坦言，"我一星期在晚上洗三四次热水澡。"

一阵尴尬的沉默，汤普金斯和格蕾欣互相交换了一个眼神，仿佛罗杰说了什么见不得人的话。

"怎么啦？"罗杰打破了沉默，不耐烦地扫了他们两个一眼，然后说道，"你知道我不是天天洗澡——我没有那么多时间。"

汤普金斯发出了一声长叹。

"我洗完澡，"他好心地没有多说什么，略过了这个话题，"吃完早餐，开车去在纽约的办公室，在那里工作到下午四点。下了班,如果在夏天,我就赶到这里打九洞高尔夫球,冬天就在俱乐部里打一小时壁球。在晚餐前我还会爽快地玩上一局桥牌。晚餐时倒经常做些生意场上的事,不过总是轻松愉快的。譬如,我最近刚为一个客户装修好一栋房子,他要我在他举办第一次派对时到场,看看灯光是否够柔和,以及其他诸如此类的问题。或者,我会坐下来,带上一本好的诗集,独自度过一个晚上。不管怎么样,我都会把每个晚上安排得好好的,使自己过得充实又潇洒。"

"这样的生活一定很爽,"格蕾欣兴奋地说,"我希望我们也能过上那样的生活。"

汤普金斯热切地弯下身子,隔着桌子凑向格蕾欣。

"你们可以的,"他动情地说,"没有理由说你们做不到呀!听我说,如果罗杰每天打九洞高尔夫球,那对他会大有好处。到时候他会焕然一新的。他会把工作做得更好,不会弄得自己疲惫不堪,神经紧张 —— 怎么啦?"

他戛然打住话头,看到罗杰不加掩饰打了个大哈欠。

"罗杰,"格蕾欣厉声地高声说道,"你不该这样失态。要是你按乔治说的那么做,那么你日子会过得好许多。"她气呼呼地转向这里的主人,"最新的情况是他在接下来的六个星期里天天晚上要工作。他说他要拉下所有的窗帘,把我们与外界隔绝起来,像洞穴里的隐士一样。去年一年每个星期天他就这么干的,现在接下来的六个星期每个晚上都要如此。"

汤普金斯悲哀地摇摇头。

"六个星期结束时,"他说,"他就得上疗养院了。让我告诉你,纽约的每一家私立医院里都充斥着像你这样的病人。你把人的神经系统捏得太紧了,终有一天'砰'的一声,就会绷断。你为了省下区区六十个小时,要赔上六十个星期修复它。"他停顿了一下,改换了他的语气,笑眯眯地转向格蕾欣,"甭提对你会发生什么。在我看来,与其说是丈夫,还不如说是妻子在承受着这个阶段煎熬人的超负荷工作的压力。"

"我不介意。"格蕾欣反驳道,维护着自己的丈夫。

"不,她很介意,"罗杰阴郁地说,"她介意得要命。她是一个目光短浅的小妇人,觉得等到我事业有起色,能让她买得起新衣服,得到猴年马月了。不过,那也无可奈何。女人最可悲的说到底就是这一点,她们最拿手的本事就是叉起双手坐在那里。"

"你对女人的看法早在二十年前就过时了,"汤普金斯带着怜悯的口吻说,"现在女人不再会坐等其成。"

"那么她们最好嫁给四十岁的男人,"罗杰顽固地坚持己见,"如果一个姑娘因为爱情嫁给一个年轻小伙子,她就应该心甘情愿地做出合情合理的牺牲,只要她丈夫保持勇往直前。"

"咱们不谈这个了,"格蕾欣不耐烦地说,"罗杰,拜托你了,这一次咱们就开开心心地玩吧。"

汤普金斯在十一点钟把他们送到了家门口,罗杰和格蕾欣在街边站了一会儿,抬头望着冬日的月亮。此时空气里飘着纤细的、湿润而又伴着尘埃的雪花。罗杰深深地吸了一口气,激情地用手臂把格蕾欣搂在怀里。

"我能比他挣更多的钱,"他神情紧张地说道,"我要在短短的四十天里做到。"

"四十天。"她叹息了一口气,"听起来像是很长的一段时间——在此期间其他的人都在快快乐乐生活,要是我能睡上它四十天就好了。"

"为什么不行呢,亲爱的?只眨上四十下眼睛,歇上一会儿,当你醒过来时,一切都会变得美好。"

她沉默了片刻。

"罗杰,"她若有所思地问道,"你认为乔治说他星期天要带我去骑马是当真的吗?"

罗杰紧锁眉头。

"我不知道。也许只是说说罢了——我希望他不是当真的。"他迟疑了一下,"说实在的,他今晚真的把我弄得有点不高兴——什么冷水澡之类的,一派胡言乱语。"

他们互相搂着,缓缓地走进了屋子里。

"我敢打赌他并没有天天早上洗冷水澡,"罗杰经过一番深思熟虑后继续说道,"或许甚至一星期三次都没有。"他在口袋里摸索着钥匙,精准地猛插进锁孔里。然后他傲然地回过头来:"我敢打赌他一个月都没有洗过一次澡。"

二

经过两个星期的紧张工作,罗杰·哈尔西的日子过得昏昏沉沉,昼夜不分,一天接一天快速逝去。从上午八点到下午五点半,他在办公室上班，接着坐半小时的市郊列车回家，在车上昏暗的黄色灯光下，他还在信封的背面潦草地记下一些东西。到七点半，他把蜡笔、剪刀和白纸板铺在客厅的桌子上，嘴里嘟嘟囔囔怨声叹气，开始继续工作直到深更半夜，而这期间格蕾欣手里揣着一本书躺在沙发上陪伴他。门铃偶尔会在紧闭的窗帘外响起。到了十二点，总会有一场关于他是不是该上床睡觉了的争论。他总是说待他一切安顿好了，就上床睡觉，但是总会有一些新的想法冒出来打乱他的思路，所以当他蹑手蹑脚走上楼时，经常发现格蕾欣已经熟睡了。

　　有时候当他掐灭最后一支烟，把它放进满是烟蒂的烟灰缸里时，已是凌晨三点了，他常在黑暗中脱掉衣服，身体因劳累过度像散了架似的，疲惫不堪，但他有一种胜利感，庆幸自己又挺过了一天。

　　圣诞节来了，圣诞节又过去了，可他几乎没有意识到节假日已过去了。事后他想起这一天，只记得那天他为盖罗德牌皮鞋做的橱窗广告大功告成了。这是他意向在一月份拿下的八大客户之一——如果他争取到一半的客户，那么他就有把握在这一年拿下价值二十五万美元的生意。

　　可是在他工作之外的世界却如梦一场，浑浑噩噩。他清楚地知晓在十二月两个天气爽朗的星期天里，汤普金斯带格蕾欣去骑马了；他也知道另一次她坐着汤普金斯的汽车去乡村俱乐部的山上滑雪，待了整整一个下午。一天上午，在他们卧室的墙上出现了一张汤普金斯的照片，配着十分华贵的镜框。更甚者，有一天晚上格蕾欣跟汤普金斯一起去市里看了一场剧，他为此气急败坏地提出了抗议。

不过，他的工作差不多快完成了。现在他每天都可以收到印刷厂寄来他设计的作品，他把其中七件作品放在一起，编好目录放进他公司的保险柜里。他知道它们是多么的优秀。光靠钱是买不到这样的作品的，它们远超过他自己意识到的价值，那是爱的劳作。

十二月像一片飘落的枯叶从月历上消失了。这是令人痛苦的一周，由于咖啡使他心跳加快，他不得不放弃喝咖啡。如果他从现在开始能坚持四天三天——

星期四下午 H.G. 盖罗德先生就要来纽约了。星期三傍晚他七点钟回家，看到格蕾欣正在用一种奇异的眼神仔细查阅十二月份的账单。

"出了什么问题？"

她把头点向那些账单。他翻看了一遍，眉头紧锁。

"真见鬼！"

"这个家我没法管，"她突然迸出这句话，"太吓人了。"

"呃，我娶你并不是因为你是一个好管家。我会想办法处理这些账单。你的小脑袋不必为它担忧。"

她冷淡地看了看他。

"你讲话好像我还是一个小孩子。"

"我就得这么说。"他突如其来发起火来了。

"哼，至少我还不是一件小摆设，任你摆放或丢弃。"

他很快在她身边下跪,双手拽住她的双臂。

"格蕾欣,听我说!"他屏住气说,"看在上帝的分上,现在可不要闹翻了!我们俩积聚了太多的怨气和指责,如果我们现在吵起来,就会一发不可收拾。我爱你,格蕾欣。你说你爱我——快说啊!"

"你知道我爱你。"

一场吵架总算给避免了,但是吃晚饭时,两人从头到尾一直很不自在,十分别扭。之后,当他开始在桌子上铺开工作材料时,紧张的气氛达到了高潮。

"喂,罗杰,"她不满地说,"我以为你今晚不必再工作了呢。"

"我确实以为我不必工作了,可是出现了新情况。"

"我已经邀请乔治·汤普金斯过来了。"

"哦,老天!"他呼叫起来,"哎,亲爱的,非常抱歉。不过,你得打电话叫他不要来。"

"他已出门了,"她说,"他直接从城里来,随时就到这里。"

罗杰嘟囔了几声。他曾想到打发他们两人去看电影的主意,可是这个建议到了嘴边却卡住了。他不要她去看电影;他要她留在这里,留在他能看得到她的地方,知道她在他身边。

乔治·汤普金斯在八点钟像一阵清风悠然而至。"哎哟!"他一进门便高声呵斥起来,"还在干活。"

罗杰冷漠地点头示意,承认他还在干活。

"还是停了吧——不要到了逼不得已才停。"他坐了下来,舒展地长吐一口气,然后点上一支烟,"听听一个科学看问题的朋友说的话。我们能够耐受好大的压力，接着——啪的一声崩掉！"

"敬请原谅，失陪了——"罗杰说话时尽可能不失礼貌，"我要上楼去把活儿干完。"

"请便吧，罗杰。"乔治随意地挥了挥手，"我不在意。我是你家的客人，见到你太太或是你对我都一样。"他戏谑地笑笑，"不过如果我是你，老兄，我会把工作放在一边，好好睡个觉。"

在罗杰把材料铺在楼上的床上时，他发现透过薄薄的地板，他依旧能听到他们嘀嘀咕咕的说话声。他开始好奇他们俩究竟找到了什么话题。他一方面深深地投入工作，可另一方面他的思绪不时会拉回到这个问题上来。他有几次站起身，在房间里心神不定地踱起步来。

他的工作并不适合在床上干，有几次纸张就从放置它们的板子上滑落了下去，铅笔在纸张上戳出了洞。今天晚上干什么都不顺当。字母和图形在他的眼前变得一片模糊。楼下不断传来的喃喃细语成了他太阳穴激烈跳动的伴奏声。

到了十点，他意识到一个多小时的工作毫无进展。他猛然喊叫了一声，收拾起文稿纸张，把它们放回公文包里，然后走下楼去。他进去时，他们两人正安坐在沙发上。

"嗨，你好！"格蕾欣大声说，他心里想打这招呼无此必要，"我们正在说你呢。"

"谢谢你们，"他反讽道，"你们的手术刀解剖到我的哪一个部位了？"

"你的健康部分。"汤普金斯笑嘻嘻地说。

"我的健康没有问题。"罗杰简短地回答。

"但是,老伙计,你把自己的健康问题看待得太自私了。"汤普金斯大声说,"你在这事上只考虑你自己。你有没有想过格蕾欣享有什么权利? 如果你在写一首绝妙的十四行诗或者在画一幅美女的肖像画,或者别的什么——"他瞧了一眼格蕾欣橘红色的秀发,"嗯,我会说干下去。但是,你不是在做那些事,而只是在搞些愚蠢的广告,推销诺波德牌生发液之类的东西。如果明天把所有生产出来的生发液都倒进海里去,世界也不会因此变坏一点点儿。"

"等一下,"罗杰生气地说,"你那样说是很不公平的。我并非在夸耀我的工作多么重要——它跟你在做的事一样毫无用处。但是对于格蕾欣和我那是世上最最重要的事。"

"你是在暗示我的工作是毫无意义的吗?"汤普金斯难以置信地问。

"不,不,只要能给一个不知道怎么花钱的裤子厂傻瓜阔佬带来快乐就不是。"

汤普金斯和格蕾欣互相交换了一个眼色。

"哦——哦!"汤普金斯嘲讽地喊道,"我还不知道我这么多年来一直在白白浪费时间呢。"

"你是一个游手好闲的家伙。"罗杰粗鲁地说。

"我?"汤普金斯愤怒地叫起来,"你说我游手好闲,就因为我在生活中讲究一点平衡,找时间做有趣的事? 就因为我工作玩乐两不误，工作时卖力工作，玩乐时尽情玩乐，不使自己成为一个枯燥乏味、惹人厌恶的苦力？"

此时两人火气都上来了，说话的嗓门都提高了，虽然在汤普金斯的脸上还留有一丝笑容的样子。

"我看不惯的是，"罗杰神定气足地说，"这六个星期以来你似乎一直赖在我们这里转悠玩乐。"

"罗杰！"格蕾欣喝道，"你这么说是什么意思？"

"就是我说的意思。"

"你发起脾气来了，"汤普金斯故作镇静地点了一支烟，"你过度的工作使你神经紧张，以致不知道你自己在说什么。你已经在神经崩溃的边缘——"

"你给我滚出去！"罗杰气势汹汹地叫道，"你给我马上离开这里—— 要不我就把你扔出去！"

汤普金斯愤恨地站起来。

"你—— 你要扔我出去？"他不相信地问道。

他们朝对方靠拢过去，而格蕾欣适时走到他们中间，一手抓住汤普金斯的胳膊，催促他往门那边走。

"他现在的作为就像一个傻瓜，乔治，不过你最好还是走吧。"她大声说，在厅道里找他的帽子。

"他侮辱了我！"汤普金斯大喊大叫，"他威胁要扔我出去！"

"不要介意，乔治，"格蕾欣恳求道，"他不知道他自己在说什么。请走吧！我们明天上午十点再见面。"

她把门打开。

"你明天十点钟不要再见他,"罗杰说得很坚决,"他再也不要到这个房子里来。"

汤普金斯转向格蕾欣。

"这是他的房子,"他提议,"也许我们还是在我的家里碰面吧!"

然后,他走掉了,格蕾欣过去随手把门关上。她眼睛里充满了愤怒的泪水。

"看你都干了什么!"她抽泣道,"他是我唯一的朋友,在这个世界上,他是唯一喜欢我、友善对待我的人,竟然在我自己的家里被我的丈夫侮辱。"

她倒在沙发上,把头埋在靠垫里,伤心地号啕大哭。

"这是他自找的,"罗杰执拗地说,"我出于自尊已忍无可忍。我不想要你再跟他一块儿出去。"

"我要和他一块儿出去!"格蕾欣发狂似的叫喊,"我就是要跟他一块儿出去!你以为我跟你在这里一起生活开心吗?"

"格蕾欣,"他冷酷地说,"起来,穿戴上你的帽子衣服,从那扇门走出去,不要再回来了!"

她的嘴巴微微张开。

"可我不想出去。"她迷惘地说。

"好,那么规矩一点。"接着他用更柔和的声音补上一句,"我本以为你要把这四十天睡过去呢!"

"噢,是啊!"她苦涩地回答,"说得真容易!但我可是睡够了。"她站了起来,挑衅地看着他,"还有,我明天要跟汤普金斯骑马去！"

"你不要跟他出去，要不然我就带你去纽约，让你坐在我办公室里，一直待到我干完活儿。"

她瞪了他一眼，眼睛里冒着怒火。

"我恨你，"她咬着每一个字说，"我真想把你做好的东西拿走，全撕碎，扔进炉子里烧了。为让你明天有点事操心担忧，先对你说了，你回家时我很可能不在这里。"

她起身离开沙发，在镜子前非常仔细地察看了一下自己因激动涨得通红的脸，上面布满了泪痕。然后她跑上楼去，冲进卧室，用力一甩把门关上。

罗杰习惯性地在客厅的桌子上铺开他的工作材料。颜色鲜艳的设计图案、栩栩如生的美女——其中一个美女是用格蕾欣做模特画出来的——她们手握橙黄色的姜汁汽水，穿着闪亮的丝长袜，使他头昏目眩，脑子迷迷糊糊。他手里的蜡笔不停地在图纸上移来移去，把一组字母往右边移动了半英寸；又为了找到一种合适的浅蓝，试了十多种蓝色；一会儿又删去了某个字眼，好让整句话不那么苍白无力……半个小时过去了——他此时全身心投入了工作，房间里一片寂静，只有蜡笔在光滑的画板上划动时发出柔和的声音。

过了很长一段时间，他看了一下手表——已经过了凌晨三点。外面刮起了大风，狂风冲击着房子的角隅，发出可怕的咆哮声，像一个沉重的身躯从空中摔跌下来。他停下了工作，倾听着。他此刻并不感到劳累，可他却感到脑袋上似乎布满了充血的血管，仿佛是医生诊室墙上挂的揭去皮肤露出血脉经络的人体解剖图。他把双手放到脑袋上，上下抚摸了一遍。他觉得他太阳穴上的那些血管似乎结成了团，星星落落散布在他的一个旧伤疤周围。

顿时他感到害怕起来。他听过的数以百计的警告涌向他的心头。有的人因过于劳累而损毁了自己的健康，他的身体和脑子同他们一样，是脆弱而易于受伤害的。他第一次羡慕起乔治·汤普金斯的平静心态和健康的日常生活。他站立起来，开始心慌意乱地在房间里来回走动。

"我该去睡觉了，"他轻声地对自己说，心存余悸，"再不然，我要疯了。"

他揉了揉眼睛，回到桌子边，收拾起他的工作，但是他的手抖得厉害，差一点抓不住画板。窗外一根光秃秃的树枝摇晃时打到了窗上，嗵的一声使他吃了一惊，失声呼喊起来。他在沙发上坐下，试图好好思考一番。

"停！停！停！"时钟对他说，"停！停！停！"

"我不能停，"他大声回答，"我停不起啊！"

听！哎哟，此时门外有一匹狼！他能够听到它尖利的爪子在猛抓光滑的木门。他跳起来，冲到前门，甩开大门；接着急忙后退，发出一声恐怖的惊叫。一只大灰狼站在门廊上，一双血红的、凶恶的眼睛直直地瞪着他看。当他瞪眼看它时，那狼脖子上的硬毛竖立了起来，发出一声低沉的吼叫，随即消失在黑暗中。此时罗杰不禁黯然苦笑，反应过来，它只是从对面跑过来的一条警犬。

他拖着疲惫的身躯进了厨房，拿起闹钟走回客厅，把闹钟设定在七点钟。然后，他把自己裹在大衣里，在沙发上躺下，立即昏昏沉沉入睡，一宿无梦。

他醒来时，电灯仍散发着微弱的光线，而整个房间已沉浸在冬天灰色的晨光中。他起身，焦急地看了看自己的双手，欣慰地发现它们不再颤抖，精神为之一振。他开始回想昨晚发生的各种事件的细节。他的眉头再次在他额头上三条浅浅的皱纹中紧锁，还有二十四小时的工作。还有，不管格蕾欣要不要，她必须再睡上一天。

罗杰的脑子突然灵光一闪，仿佛他刚想出了一个广告的新思路。几分钟之后，他便冒着冬日早晨凛冽的寒气赶往金斯利药店。

"金斯利先生在吗？"

药店的老板出现在处方室的墙角边上。

"不知你方便吗，我有点事想跟你单独说一下。"

七点半，罗杰返回家，走进他家的厨房。他家的管家女佣刚到，正在摘下她的帽子。

"贝贝①，"他这样叫她并非表示亲昵，这确实是她的名字，"你给我马上准备好哈尔西太太的早餐。我要亲自送上去。"

贝贝很是惊讶，男主人是个大忙人，竟然要亲自服侍太太，此举太不寻常了。不过，要是她看到他从厨房端走盘子后的所作所为，她一定会更为吃惊；因为他把盘子放在餐厅的餐桌上，给咖啡里加了半汤匙白色的东西，可那不是白砂糖。然后他走上楼

---

① 女佣的名字贝贝（Bebé）意为"宝贝"。

梯，打开卧室的门。

格蕾欣醒来一惊，扫了一眼，发现双人床的另一侧没有人睡过，大惊失色地瞧了罗杰一眼。当她看见他手里端来的早餐，她眼神中的惊讶转为蔑视。她想他是以此来表示认输投降。

"我不要吃早饭，"她冷冷地说，他心里则一沉，"喝杯咖啡就行了。"

"不吃早饭？"罗杰的声音里透着些失望。

"我说了我喝点咖啡。"

罗杰小心翼翼地把托盘放在床边的小桌子上，迅速转身回到了厨房。

"我们要外出，明天下午才回来，"他对贝贝说，"我现在就想关门闭户，把屋子锁起来。所以你现在就把帽子戴上回家去吧。"

他瞧了一下手表，此时是差十分八点，他要去赶上八点十分的火车。他等待了五分钟，然后蹑手蹑脚地走上楼，进入格蕾欣的房间。她睡得很熟。咖啡杯子已是空的，只在杯子底部留下一些黑色的渣子和一层薄薄的棕色泡沫。他忧心忡忡地察看她，好在她呼吸平稳而清晰。

他从壁柜里拿出一只手提箱，动作麻利地往里塞进她的鞋子——便鞋、晚装鞋、橡皮底的步行鞋——他没有想到她有那么多鞋，在他关上盖子时，箱子都鼓起来了。

他犹豫了片刻，从一只盒子里拿出一把剪刀，沿着电话线走到梳妆台的后面，一刀下去把电话线剪断。此时有人轻轻敲了敲门，他惊惶地跳了起来。那是女保姆，他竟忘了她的存在。

"哈尔西太太和我要去城里，明天回来，"他圆滑地说道，"你就带马克西去海边，在那里吃午餐。待上一整天。"

回到房里，他怜悯之心油然而生。格蕾欣睡在那里，突然间她似乎显得可爱又无助。就这样夺去她年轻生命中的一天，这是多么残忍啊。他用手指抚摸了一下她的秀发，发现她在睡梦中呢喃自语，便俯身吻了吻她光洁的面颊。然后，他拎起那只装满鞋子的箱子，锁上门，矫捷地跑下楼去。

三

是日下午五点，他让快递员将他为盖罗德鞋厂设计的最后一包广告样图送往住在巴尔的摩宾馆的盖罗德先生那里。他将于次日上午做出决定。五点半时，罗杰的速记员在他的肩膀上拍了两下。

"这里大厦的主管戈尔登先生来见你。"

罗杰转过身子，一脸迷惘。

"噢，有什么事？"

戈尔登先生开门见山，对他说：如果哈尔西先生有意续租此办公室，那么最好立即补交逾期的一笔小小的租金。

"戈尔登先生，"罗杰面露倦意地说道，"明天一切都会搞定，如果你现在跟我过不去，那么也许你就永远拿不到那笔钱。过了明天，什么事也没了。"

戈尔登先生不安地看了看这个房客。有时候年轻人生意出了问题，轻生也是常有的事。他心中很郁闷，眼光无意间落在写字台旁的一只手提箱上，上面印着姓名的首字母。

"要外出旅行吗？"他直截了当地问。

"什么？噢，不是。里面只是些衣服。"

"嗯，衣服？好吧，哈尔西先生，为了证实你说的话是真的，我想你能否让我为你保管这只箱子到明天中午。"

"请吧！"

戈尔登先生拎起箱子，脸上露出不得已为之的表情。

"只是履行一种程序。"

"我理解。"罗杰说，把转椅转到他的写字台前，"祝你下午过得愉快。"

戈尔登先生似乎觉得应该以一种较友好的语气结束这次对话。

"别工作得太累了，哈尔西先生，可不要精神崩溃了——"

"不，"罗杰大声说，"我可不要，但如果你还不马上离开，我可真要患病了。"

戈尔登先生走后关上了门，罗杰的速记员转过身来，表示很同情他。

"你不该让他把那只箱子拿走，"她说，"里面装的是什么？只是衣服？"

"不是，"他心不在焉地回答，"都是我老婆的鞋子。"

那天晚上，他留在办公室里，睡在写字台旁的一张沙发上。黎明时分，他一激灵醒了过来，冲到外面大街上去喝咖啡，十分钟后又慌慌张张地赶回办公室——唯恐错过了盖罗德先生打来的电话。此时是早上六点半。

到了八点钟,他好像整个身体着了火。当他的两个绘图员来上班时,只见他伸展开四肢趴在沙发上,痛苦不堪。九点半钟,电话铃声急促地响起,他抓起话筒,双手不停地在颤动。

"哈罗。"

"是哈尔西事务所吗?"

"是的。我就是哈尔西。"

"我是 H.G. 盖罗德。"

罗杰的心脏停止了跳动。

"小伙子,我打电话是要对你说,你送给我们的东西棒极了。我们全收下了,之后你的工作室做多少,我们收多少。"

"哦,天哪!"罗杰对着话筒惊呼起来。

"怎么啦?"盖罗德先生相当惊讶,"喂,你说呀!"

可是没有人答话。话筒咔嗒一声掉在地板上,罗杰四仰八叉地瘫倒在沙发上,不停地抽泣,仿佛他的心脏要崩溃了。

四

三个小时后,罗杰的脸色还有点苍白,但是他的眼睛已经像孩子一般,显得很平静了。他打开他妻子卧室的门,腋下夹着一份早报。听到他的脚步声,她惊醒了。

"几点了?"她问。

他看了一下表。

"十二点。"

她突然哭泣起来。

"罗杰,"她啜泣着说,"我对不起你,我昨晚的表现太糟糕了。"

他冷静地点点头。

"现在一切都没事了。"他回答,然后停顿了一会儿,又接着说,"我已经拿下了一个客户 —— 最大的一个客户。"

她快速地转向他。

"你拿下了?"接着她沉默了一分钟,又说,"我能买一条新裙子吗?"

"裙子?"他简短地一笑,"你能买上十几条。光是这个客户一年就可给我们送来四万。它是西部最大的公司之一。"

她望着他,惊喜万分。

"一年四万!"

"是的。"

"天哪 ——"然后她有气无力地说,"我做梦也没有想到真有这样的好事。"她又停顿了一分钟,想了想说,"那么我们能有像乔治·汤普金斯那样的房子了。"

"我可不想要像室内装修店那样的家。"

"一年四万!"她再次重复一遍,接着温柔地说,"哦,罗杰 ——"

"怎么了?"

"我不和乔治·汤普金斯出去了。"

"即令你想去,我也不会让你去。"他简短地说道。

她作出一副生气的模样。

"哎哟,我几个星期前已跟他约好这个星期四相会了。"

"今天不是星期四。"

"是星期四。"

"今天是星期五。"

"怎么,罗杰,你一定是疯了! 你以为我都不知道今天是星期几吗?"

"反正今天不是星期四。"他固执地说,"瞧!"他拿出那份晨报。

"星期五!"她喊叫,"唉,肯定搞错了! 那一定是上个星期的报纸。今天是星期四。"

她闭上眼睛,思索了一会儿。

"昨天是星期三。"她肯定地说,"洗衣女佣是昨天来的。我认为我没搞错。"

"得了,"他沾沾自喜地说,"瞧瞧这报纸,它一点儿也没问题。"

她满脸的疑惑不解。她起了床,开始寻找她的衣服。罗杰到盥洗室去洗脸刮胡子。过了一会儿,他听见席梦思床的弹簧咯吱一声,格蕾欣又回到床上钻进了被子。

"怎么回事?"他一边问道,一边从盥洗室的门缝里探出头来。

"我害怕,"她哆哆嗦嗦地说,"我觉得我的精神快要垮了。我一双鞋都找不到了。"

"你的鞋？噢,壁橱里全是鞋。"

"我知道,但是我的鞋一双也没看见。"她因恐惧而脸色煞白,"哎呀,罗杰！"

罗杰走到她身边,用手臂搂住她。

"哎呀,罗杰！"她哭喊起来,"我出了什么毛病？先是搞错报纸的日期,现在又找不到鞋子。求你帮帮我,罗杰。"

"我去请医生。"他说。

他无动于衷地走到电话那里,拿起话筒。

"电话好像坏了。"他过了一会儿说,"我让贝贝去叫医生来。"

十分钟之后医生来了。

"我觉得我快要崩溃了。"格蕾欣压低声音对医生说。

格利高里医生坐在床沿上,握住她的手腕。

"今天早上似乎不少人都有这种感觉。"

"我起床后,"格蕾欣怯生生地说,"我发觉我错失了一整天。我本来约好跟乔治·汤普金斯先生去骑马。"

"什么？"医生惊讶地叫起来,接着他哈哈大笑道:

"乔治·汤普金斯今后好长日子再也不会跟任何人骑马了。"

"他离开这里了？"格蕾欣好奇地问。

"他去西部了。"

"怎么？"罗杰追问,"是不是他跟别人的老婆私奔了？"

"不,"格利高里医生说,"他精神崩溃了。"

"什么？"他们不约而同地高叫。

"他在洗冷水澡时突然瘫倒，就像折叠礼帽似的一下颓在地上。"

"可是他总说他过的是平衡 —— 平衡的生活，"格蕾欣气喘吁吁说道，"他特别注重这一点。"

"我知道，"医生说，"他一个上午就喋喋不休地说这个。我想他有点入魔了。要知道，他为此干得非常卖力。"

"为了什么？"罗杰不解地问。

"为了使他的生活保持平衡。"他转向格蕾欣，"我给这位夫人的处方是好好休息。只要她安安心心在家里待几天，眨四十下眼睛，睡一个大觉，她就会跟以前一样健康。她现在精神压力太大。"

"医生，"罗杰带着沙哑的声音说，"你是不是认为我最好休息一下或什么的？我最近工作实在太辛苦了。"

"你！"格利高里医生哈哈大笑，猛拍他的后背，"我的老伙计，我从未看到你气色这么好过。"

罗杰迅速转过头去，不让人看见他的笑容 —— 他对着乔治·汤普金斯亲笔签名的照片，俏皮地眨了四十下眼，或者差不多四十来下吧。照片挂在卧室的墙上，微微有些歪斜。